Weihnachtsanektötchen

Spannende Geschichten
aus Berlin

von Wolfgang Hofer

Inhalt

Ein Österreicher in Berlin	7
Prolog	8
Champagner für Harald	10
Weihnachtsknaller	19
Abflug aus dem Adlon	29
Palim, palim, der Tod klopft an	39
Ein rätselhafter Kumpel	49
Herzschlag	58
Oskars Wunschzettel	67
Traue niemals einem Clown	77
Feuerwerk	86
Epilog	95

Ein Österreicher in Berlin

Ein Kerl mit alpenländischem Migrationshintergrund schreibt Berliner Krimigeschichten? Wie geht denn so etwas? Wie kommt der überhaupt dazu?

Ganz einfach: Was Berlin anbelangt, bin ich Vollprofi. Ich habe in dieser Stadt den Anfang meiner Karriere als Schlagersänger erlebt, bei der ZDF-Hitparade in den Studios der BUFA, der Berliner Union-Film in der Oberlandstraße in Tempelhof.

Im damaligen Sender Freies Berlin habe ich als Autor die ersten TV-Shows von Harald Schmidt betreut und bin an arbeitsfreien Vormittagen mit einem Leihrad durch die Stadt gedüst.

Im Friedrichstadtpalast habe ich die Schanze-Show „Kinderquatsch mit Michael" als Berater mitgestaltet, abends haben wir dann regelmäßig mit dem Team gefeiert. Kneipen gab es ja genug in den S-Bahnbögen.

Den Duft der Stadt habe ich heute noch in der Nase, angefangen von den Pflaumen im Speckmantel im Il Sorriso in der Kurfürstenstraße bis hin zum österreichischen Rindfleisch in Essig und Kürbiskernöl im Garten der alten Café-Einstein-Villa.

Nicht zuletzt habe ich unzählige Male im Hotel Esplanade gewohnt, auch 1989, als die Mauerspechte begonnen haben, gleich nebenan das Schandmal zwischen Ost und West kaputt zu klopfen. Ich habe es ganz genau gehört und werde es nie vergessen.

Wat Berlin anjeht, macht mir keener wat vor. Klaro?

Prolog

Allet hat seine Zeit, jut Ding will Weile haben.
Berliner Weisheit

Wie immer, wenn es etwas zu entscheiden gab, eröffnete der Erzengel Gabriel die Sitzung. Der Konferenzsaal auf Wolke acht war gerammelt voll, schließlich ging es heute um den Geburtsort des Gottessohnes. Auch wenn das Kind noch gar nicht gezeugt war, weil der Heilige Geist seine Ginseng-Ginkgo-Kur erst abschließen musste. Aber neun Monate sind schnell rum.

Das göttliche Meinungsforschungsinstitut hatte in einer himmelweiten Umfrage zwei Orte auf der Welt als Favoriten für die Niederkunft herausgefunden: Bethlehem im Westjordanland und Berlin in Brandenburg. Es wurden alle Vor- und Nachteile diskutiert, die die beiden Kandidaten mitbrachten, angefangen beim Wetter.

Petrus bat ums Wort, denn das Wetter war sein Ding: „In Bethlehem mit seinem heißen Sommer werden wir die Geburt wohl in den Winter legen müssen", ließ er wissen, „dann sind die Temperaturen ideal. Berlin dagegen ist neutral, denn wenn es dort nicht zu heiß ist, dann ist es eben zu kalt. So sagen jedenfalls die Leute."

Eva, die Mutter der Menschheit, sorgte sich um die gesunde Ernährung des Jesusknaben. Gesundheit sah sie eher in der palästinensischen Mittelmeerkost garantiert, die mit viel Olivenöl, Proteinen sowie frischem Obst aufwarten kann. Adam dagegen fand, ein richtiger Mann brauche was Handfestes zwischen die Zähne: „Eisbein, Currywurst, Buletten, Pommes und als Nachtisch einen fetten Krapfen, damit wird es sicher ein strammer Gottessohn."

„Und übergewichtig wie du", warf Gottvater ein, „das ist nichts für meinen Buben!"

Bei der Beherbergungssituation hatte Berlin eindeutig die Nase vorn. In Bethlehem mit seinen wenigen überfüllten Ein-Sterne-Betrieben würde Maria wahrscheinlich in einem Stall niederkommen müssen, in Berlin dagegen winkte das Nobelwarenhaus KaDeWe. Die Dekorateure dort würden bestimmt eine tolle Winterlandschaft in die Schaufenster zaubern mit einer gemütlich ausgepolsterten Krippe und lebensgroßen Plüschtieren der Firma Steiff, die mit dem Kopf wackeln und „Muh" sagen konnten. Dazu würde besinnliche Kaufhausmusik ertönen, und als besonderer Clou lockte die opulente Spielzeugabteilung in der vierten Etage. Ohne Gold, Weihrauch und Myrrhe. Alles Zeugs, mit dem Kinder sowieso nichts anfangen können, dafür aber mit Lego, Playmobil und Lichtschwertern. Und einen Airport-Shuttle für die Könige würde das Haus auch arrangieren.

Die Konferenz war schwer beeindruckt und diskutierte in hitzigen Einzelgesprächen das ganze Arbeitsessen hindurch, das aus himmlischem Manna bestand mit passend ausgewählten Zutaten. Für die Bethlehem-Fraktion luftig leichter Hummus, für die Berlin-Fans Curry-Ketchup und Salzgurken.

Dann schritt man zur streng geheimen Abstimmung, bei der noch ein zweiter Tagesordnungspunkt auf der Agenda stand, die politisch korrekte Umbenennung des Christbaumes. Während die Bürokratie-Engel akribisch die Stimmen auszahlten, spielte die Rockband des Erzengels Michael „Knockin' on Heaven's Door".

Gabriel übernahm mit bedeutungsschwerer Miene die Verkündung des Ergebnisses. Er räusperte sich umständlich und stellte dann fest: „Punkt 1: Der Christbaum wird bei uns im Himmel weiterhin Christbaum heißen und nicht ‚festlich beleuchtetes Nadelgehölz mit christlichem Hintergrund'. Punkt 2: Bethlehem hat gewonnen! Knapp, aber doch!"

„Da haben wir echt Schwein gehabt!", setzte der Verkünder anschließend hinzu, „wir haben nämlich völlig vergessen, dass es Berlin noch gar nicht gibt. Das wird noch bis zum Mittelalter dauern."

„Aber Ausgewogenheit muss sein", mischte sich der alte Herr lautstark ein, schließlich war er hier der Boss. „Irgendwann muss Berlin auch drankommen. Wie ich meine Menschheit kenne, wird eine einzige Erlösung für diesen sündigen Haufen ohnehin nicht ausreichen. Ich schätze mal, so in den 2000er-Jahren wird eine neue Menschwerdung des Göttlichen nötig sein. Dann ist Berlin auserwählt – falls bis dahin der neue Flughafen für die Könige fertig ist. Außerdem werde ich dann Geschlechtergerechtigkeit walten lassen, Gender matters!"

Der Herrgott lächelte.

„Der Erlöser 2.0 wird ein Mädchen sein! Und das Brimborium mit der jungfräulichen Geburt lassen wir dann weg. Nimmt uns eh keiner ab. Okay!"

Alle Hände gingen hoch, einstimmig angenommen.

Champagner für Harald

Madonnas Tochter heißt Lourdes. Das ist so, als würde mein Sohn auf den Namen Apollinaris getauft.
Harald Juhnke

Das Getränk heißt „Champagner", auch wenn es zwar simpler Schaumwein ist, aber die Trauben nachweislich aus der französischen Provinz Champagne kommen. Deswegen kostet die Britzelbrause dann das Doppelte, und das nennt man Marketing.

Die Kunst des Marketings beherrschte auch Harald Juhnke perfekt. Der Jahrhundertschauspieler und Tausendkünstler, der in seinen Sketchen das Publikum zu Lachsalven hinreißen konnte und es zu Tränen rührte, wenn er Falladas *Trinker* spielte, die Rolle seines eigenen Lebens. Mit leichtfüßiger Eleganz tanzte er über die größten Bühnen, füllte sie so aus, dass für jemand Zweites kein Platz mehr war, und sang dazu:

Barfuß oder Lackschuh, alles oder nichts
Leg ich mir 'nen Frack zu oder komm ich vor Gericht
Ich schlafe unter Brücken und im Himmelbett
Bin Engel und mal Teufel, doch nie bin ich nur nett *

Sogar seine Alkoholsucht konnte er charmant verkaufen. „Ich hasse Silvester, da saufen auch die Amateure." Oder: „Meine Definition von Glück? Keine Termine und leicht einen sitzen." Jeder Berliner Taxifahrer kannte Juhnkes Adresse für den Fall, dass der gute Harald zu fortgeschrittener Stunde nicht mehr in der Lage war, sich daran zu erinnern.

Seinen eigenen Führerschein hatte er da längst abgegeben, nachdem er wegen Trunkenheit am Steuer, Widerstand gegen die Staatsgewalt, Körperverletzung und Beleidigung zu sieben Monaten Gefängnis ohne Bewährung verurteilt worden war. Nach vier Monaten wurde er wegen guter Führung entlassen und setzte sich nie wieder ans Lenkrad.

 * Musik und Text: Andres Bartels / Gregor Rottschalk, Verlag: Ela Musik Produktion GmbH

Der Weltmann Harald Juhnke starb überhaupt nicht weltmännisch, nicht in Smoking und Lackschuhen, sondern als hilfloses Wrack. Von aller Eleganz und allen guten Geistern verlassen, ließ er sein Leben 2005 in einem Krankenhaus auf dem platten Land nahe Berlin. Das Datum ist typisch für den alten Schlingel, es war der 1. April.

„Harald Juhnke lebt", schrien euphorisch die Schlagzeilen. Die Weihnachtsrevue im Theater des Westens hatte eingeschlagen wie eine Bombe. Harald singt Frank Sinatra, Harald tanzt, umgeben von Girls mit endlosen Beinen, Harald sitzt im Spot auf einem Barhocker und liest Weihnachtsgeschichten, das Publikum hängt an seinen Lippen, die Leute sind hingerissen, Harald ist wieder da!

In Ritchies Augen war er ja auch nie weg gewesen. Ritchie, bürgerlich Richard Rosenbaum, der Doppelgänger, ein Geniestreich des Schöpfers, König Harald, der zweite. Sah aus wie Juhnke, hörte sich nach intensivem Sprechunterricht auch an wie Juhnke und hatte es endlich geschafft.

Model-Scouts einer Werbeagentur hatten ihn in der Paris-Bar an der Kantstraße aufgetrieben, wo er bei Weinschorle stundenlang herumsaß und hoffte, irgendeinem aus der Künstlerwelt aufzufallen, die sich hier täglich und vor allem nächtlich die Klinke in die Hand gab.

Die Paris-Bar ist legendär. Keine megacoole Vielverdiener-Lounge, sondern ein angestaubtes buntes Unikum, das die preußischen Tugenden von Spießbürgerlichkeit und Erbsensuppe mit internationalem künstlerischem Flair vereint. Die Prominentendichte ist folgerichtig erdrückend, man bekommt kaum einen Platz. So erging es auch der Pop-Sängerin Madonna, die zu hören bekam, der Tisch sei leider nicht frei, er sei schon für Gina Lollobrigida reserviert. Madonna okkupierte den Platz trotzdem und begründete das mit den schlichten Worten: „Who the fuck is Gina Lollobrigida?"

Ziemlich eng geht es auch auf den Wänden des Lokals zu, wo sich unzählige Bilder drängen, auch Originale, wie zum Beispiel von Baselitz. Manche der Gemälde ersetzten einst das Bargeld. Wenn der Künstler gerade klamm war, bezahlte er kurzerhand mit einem seiner Werke.

Mittendrin in diesem Sammelsurium aus weißen Tischdecken, einer Vorspeise von der Blutwurst und Promi-Devotionalien also der alternde Ritchie. Bloß, was hatten die Scouts mit ihm vor? Mit einem, der hier nur reinpasste, weil er aussah wie Juhnke, das verstorbene Maskottchen der Berliner Lebewelt? Ganz einfach, sie brauchten ein Gesicht für eine Werbekampagne des Medikamentenherstellers *Saniterra*. Die Firma hatte ein

Konkurrenzprodukt zu *Alka-Seltzer* entwickelt, das uns bekanntlich alle wiederbelebt, wenn das letzte Bier schlecht war.

Der Fernsehspot war simpel und genial zugleich.

Rosenberg-Juhnke saß im Smoking mit offenem Hemdkragen und baumelnder Fliege am Frühstückstisch, neben sich eine Katze. Er schmiss eine Tablette in ein Glas Wasser, wo sie heilsbringend aufschäumte. Der neue Harald nahm einen Schluck und verkündete strahlend: „Dolopyrin, mein Katerfrühstück. Alles andere ist für die Katz!" Dann schob er der Mieze grinsend eine Schale Milch hin. Es folgte ein „Miau" sowie die Information, wo man sich zu Risiken und Nebenwirkungen informieren solle.

Die Verkaufszahlen waren enorm, man trinkt halt gern in diesem Land, Juhnke II. wurde vom Bittsteller zum Star und stieg auf in die Höhen eines Sky du Monts, der sich ständig und gewinnbringend *Edle Tropfen in Nuss* einverleibte.

Uwe Kanthak, heute umtriebiger Manager von Helene Fischer, erkannte das Potenzial und tat das Seine, bis im Theater des Westens ein neuer Juhnke auf die Bühne tanzte.

Die Eier waren nicht faul, aber roh. Sie pfiffen Rosenberg um die Ohren, als er nach der Vorstellung ausgepowert und glücklich aus dem Taxi stieg.

„Wat war det denn für 'ne Kanalje?", tobte der Taxifahrer, schließlich war von den Flugkörpern auch sein nagelneuer Benz betroffen, den er morgens noch durch die Waschstraße geschickt hatte.

Ritchie, im dunkelblauen Kunstpelz mit weiß-gelber Eier-Dekoration, hatte schon seinen Manager am Handy und beschwerte sich bitterlich sowie erfolglos über den Anschlag. Kanthak war begeistert.

„Ganz prima", freute er sich, „geile Story! Mach gleich mal Selfies, nimm unbedingt den Taxifahrer mit dazu, und pass auf, dass man die Eierflecken auch gut sieht. Gleich an mich whatsappen, ich gebe die Bilder dann an die Presse."

Man muss immer positiv denken.

Endlich saß Ritchie erschöpft in seinem neuen Appartement im ebenfalls neuen, schwedischen *Timeout*-Relax-Sessel und fragte sich, wer ihn da wohl als Zielscheibe auserwählt hatte und warum. Er fand keine Antwort, fand in seiner Vergangenheit und Gegenwart niemanden, der einen Grund gehabt hätte für das Bombardement. Solche Vorkommnisse waren ihm das ganze Leben erspart geblieben, als er zuerst harmloser braver Buchhalter in einer Firma für Sicherheitstechnik gewesen war und schließlich ein unfreiwilliger Frührentner.

„Sozialverträglich" hatten sie den Stellenabbau genannt, der auch Kollegin Dorthe erwischt hatte. Die beiden waren sich täglich bei der Arbeit begegnet, aber mehr war nicht gewesen. Keine Gefühle, keine gemeinsamen Interessen. Bis sie plötzlich doch gleiche Pläne hatten: mit einem erheblich reduzierten Einkommen auszukommen, eine bezahlbare Wohnung zu finden, irgendwie zu überleben, vielleicht sogar in den Urlaub zu fahren oder wenigstens hie und da nett essen zu gehen. Also gründeten sie eine Schicksalsgemeinschaft, mieteten eine kleine Wohnung und lebten zusammen wie Bruder und Schwester.

Jetzt endlich war er der selbstverordneten Enge entkommen und wieder komplett sein eigener Herr. Dorthe war wie vor den Kopf geschlagen gewesen, als er auszog, aber dann folgte sie der Vernunft, gab Annoncen auf und suchte nach einer Mitbewohnerin. Ende gut, alles gut. Aber leider war es noch nicht das Ende.

Nach den fliegenden Eiern brachte der nächste Tag die Eskalationsstufe 2. Die Werbeplakate für die Weihnachtsrevue waren beschmiert. „Harald Juhnke lebt!", stand da zu lesen, so weit, so richtig. Und dann eine unerfreuliche Ergänzung mit dickem knallroten Edding: „… aber nicht mehr lange!"

Manager Kanthak wurde es mulmig, das war jetzt doch etwas zu viel an Sensation, er kontaktierte die Polizei. Die reagierte gelassen: „Wir können nicht jedem, der Drohungen bekommt, drei Beamte mitgeben." Das hieß im Klartext: „Personenschutz angelehnt."

Also lief alles weiter wie gehabt. Die Schmierereien wurden verdrängt – bestimmt nur irgendein Bekloppter – Vorstellung wie jeden Tag pünktlich um 20 Uhr, Harald singt Frank Sinatra, Harald tanzt umgeben von Girls mit endlosen Beinen, Harald sitzt im Spot auf einem Barhocker und liest Weihnachtsgeschichten, das Publikum hängt an seinen Lippen, die Leute sind hingerissen, Harald ist wieder da!

Und er wird auch dableiben, allen Eierwurfen und Verbalattacken zum Trotz.

Falsch gedacht: Binnen kurzem würde er endgültig weg sein. Infolge von Eskalationsstufe 3. Die Demontage des alternden Neustars lief noch besser als gedacht. Und sie war schon verdammt gut gedacht, dachte die gekränkte Seele, die hinter dem ganzen Aufwand steckte. Ein Erfolg zum Händereiben. Erst die Nadelstiche und jetzt in unentrinnbarer Nähe die letzte Konsequenz. Rumms, ein Erdbeben, der Lohn der bösen Tat! Die üblichen Verdächtigen aus der Medienbranche von BILD bis RTL würden sich mit Wollust darauf stürzen, und die gekränkte Seele würde den Aufruhr genießen, weil eine gerechte Vergeltung gekränkten Seelen immer guttut.

Da er schon weg war, erschien Ritchie Rosenberg, der neue Juhnke, am nächsten Tag auch nicht bei der Pressekonferenz zu seinem zweiten Album. Die umsonst angereiste Journalisten-Meute schob erst einmal Frust, erinnerte sich dann an die fliegenden Eier und an die Drohungen, zählte zwei und zwei zusammen, formulierte erste spekulative Räubergeschichten, die Polizei wurde eingeschaltet, der vermisste Ritchie wurde zum Objekt behördlicher Ermittlungen.

Sie fanden ihn im Bett, das so strahlend weiß bezogen war wie die Tische in der Paris-Bar. Das Rot passte nicht dazu. Aber ein Teleskopschlagstock macht halt unschöne Blutflecken, wenn er richtig gehandhabt wird.

Also ein geplanter Mord mit vorbereiteter Tatwaffe. Recht viel mehr kam bei den Ermittlungen nicht heraus. Tatzeit zwei Uhr morgens, keine Spuren von Gewalt an der Eingangstür. Was bedeutet, der Mörder wurde eingelassen oder hatte einen Schlüssel. Dann hatte er sein Mordinstrument geschwungen und Ritchie Rosenberg ins Jenseits befördert. Schlagartig, um im Bild zu bleiben. Aus welchen Gründen auch immer. Die Suche nach dem Täter würde eine verflixte Fummelei werden.

„Der Star, der doppelt starb", titelte die Boulevardpresse marktschreierisch. „Du lebst nur zweimal" lag natürlich auf der Hand und wurde ebenfalls bemüht. Man erging sich investigativ in wüsten Vermutungen, was der Anlass zur üblen Tat gewesen war. Konkurrenzneid? Rache einer Frau? Ein dunkles Geheimnis? Wobei das dunkle Geheimnis natürlich der Bringer wäre, da könnte man locker eine ganze Serie dranhängen! „Die Promis und das Böse" oder so ähnlich.

Die große Berliner Welt der Berühmten und Schönen äußerte sich spontan und zutiefst betroffen, sie hatten es dem lieben Ritchie ja so gegönnt, dass er auf seine alten Tage endlich im Rampenlicht stehen durfte. So ein Talent aber auch! Was übersetzt hieß: „Der hat sich doch bloß reingedrängt, ein simpler Imitator, Gott sei Dank hat man ihm eins übergebraten, jetzt sind wir wieder unter uns!"

Die Polizei kann nicht überall sein. Könnte sie das, wäre der Fall Juhnke II. längst aufgeklärt. Aber die Kripo musste ja unbedingt im Kommissa-

riat Weihnachten feiern. Mit künstlichem Tannenbaum, Plätzchen von Lidl, Red Bull mit Wodka, „Flügerl“ genannt, und erlaubt, weil die Truppe nicht mehr im Dienst war. Es war ganz offiziell Feierabend. Die Kommissarin Karin Schulte-Karmann klimperte auf einem Keyboard Weihnachtslieder, die Männer rissen Witze, die übliche Besinnlichkeit eben. Wären sie lieber alle auf den Friedhof gegangen, dann wären sie schlauer geworden, dann hätten sie das Geständnis direkt mitschneiden können. Einfach das Mikro des Smartphones starten und – aufgepasst!

Das Grab sah aus, wie alle frischen Gräber aussehen. Ein Erdhaufen, bedeckt mit Tannenzweigen, ein schlichtes Holzkreuz mit dem Namen Richard Rosenberg. Die Frau mit der Bommelmütze stellte den Jutebeutel mit der Champagnerflasche vor dem Erdhaufen ab und zerrte eine der kleinen Sitzbänke herbei, die überall herumstanden und zum Gedenken einluden. Sie hatte dabei Handschuhe an, sicher ist sicher.

Dann setzte sie sich und holte zwei Coupettes aus dem Beutel, also Champagnerkelche, deren Form sich angeblich von den Brüsten der Franzosenkönigin Marie-Antoinette herleitet. Was erotisch klasse rüberkommt, in Wirklichkeit aber kompletter Blödsinn ist, denn Kelchgläser hatte es schon gegeben, da war Maria Antonia, Tochter der Kaiserin Maria Theresia, noch gar nicht geplant.

Die Frau wusste das nicht, öffnete dennoch gekonnt die Champagnerflasche ganz ohne Knall, so wie das in Fachkreisen gehandhabt wird. Und bei Harald Juhnke handelte es sich um ein hochverdientes Mitglied der Fachkreise, da musste einfach alles seine Ordnung haben. Auch wenn es nur Harald, der zweite war.

„Ich gieße uns jetzt ein!“

Die Frau füllte die Coupettes, stieß sie aneinander – „Santé!“ – nahm einen Schluck und goss das zweite Glas über dem unfertigen Grab aus.

„Das hätten wir auch anders und schöner haben können, du Idiot!“ Der Tonfall war äußerst liebevoll. „Ich habe dich nämlich gemocht. Vom ersten Augenblick an habe ich dich gemocht, als du in die Firma eingetreten bist. Aber ich war für dich nur ein Schatten, der auf den Gängen ab und zu vorbeigehuscht ist. Ich dachte schon, du stehst nicht auf Mädels, aber du standest auf gar nichts, außer auf deine Zahlen. Als dann der große Kahlschlag kam, ergriff ich meine Chance. Du erinnerst dich, *ich* habe den Plan mit der gemeinsamen Wohnung entworfen, habe dir alles so lange eingeredet, bis du Ja gesagt hast. Nun hatte ich dich wenigstens öfter und länger in der Nähe als nur bei zufälligen Begegnungen auf den Fluren der Firma. Steter Tropfen höhlt den Stein, irgendwann würde ich mich schon in dein Herz schleichen, auch wenn ich mich noch nicht einmal daran lehnen konnte, um es klopfen zu hören.

Dann bist du Hals über Kopf ausgezogen, du Verräter, du Egomane, du künstlerischer Emporkömmling, du Zweitausgabe! Du hast mir den Traum genommen, dass wir beide gemeinsam Träume verwirklichen könnten. In diesen Tagen und Nächten habe ich erfahren, wie Liebe in Hass umschlägt und trotzdem Liebe bleibt. Ich kam mir vor wie Dr. Jeckyll and Mr. Hyde. Und ich bin es wohl auch. Ich habe dich totgeschlagen, und jetzt sitze ich an deinem Grab und habe romantische Anwandlungen. Aber da musst du jetzt durch und ich ebenso."

Sie hatte noch etwas in ihrem Jutebeutel, eine Grabkerze in einem roten Glas. Sie zündete den Docht an, die Flamme tanzte in eleganten Bewegungen, genau wie Juhnke das bei den Samstagabend-Shows im ZDF gemacht und wie Ritchie das bis vor Kurzem im Theater des Westens abgeliefert hatte.

„Ich sehe noch dein Gesicht vor mir, als ich plötzlich vor deinem Bett stand und irgendetwas dich geweckt hatte. Ich sehe das Unverständnis in deinem fragenden Blick, aber keine Spur von Angst. Du wusstest ja nicht, was mein Plan war, was gleich passieren würde. Deswegen erzähle ich dir jetzt auch alles. Warum ich eine Mörderin geworden bin, warum du daran schuld bist, und dass kein Schwein uns das jemals beweisen wird.

Wie erwartet, hattest du das Schloss zum Appartement ausgetauscht und durch ein Produkt unserer ehemaligen Firma ersetzt. Für die geschasste Vizechefin der Entwicklungsabteilung kein Problem. Den Teleskopschlagstock hatte ich vorsichtshalber mitgebracht, ich wusste ja nicht, ob du etwas im Hause haben würdest, an dem du versterben könntest. Diese Teleskopdinger sind äußerst praktisch, platzsparend zu transportieren und ausziehbar, da kriegt man nicht so schnell verräterische Blutspritzer ab.

Die tödlichen Schläge und das alles erspare ich uns jetzt, ist ja weder für dich noch für mich eine schöne Erinnerung. Obwohl für mich …

Wie auch immer, zumindest sind wir jetzt quitt. Du hast meine Hoffnungen ausgelöscht, ich habe dein Leben ausgelöscht. Ein klassisches

Patt. Es ist wieder alles auf Start, vielleicht können wir ja im Jenseits einen neuen Versuch wagen, ich fände das schön. Bis dahin werde ich so tun, als hätte ich mit der ganzen Sache nichts am Hut, und du kannst ja anfangen, dich statt mit Zahlen mit erotischen Fantasien zu beschäftigen. Falls du dazu einen Mentor brauchst, der Juhnke ist ja auch bei euch da oben, der kennt sich aus."

Dorthe goss beide Kelche noch einmal voll und wiederholte ihr Ritual: „Santé!" Dann schüttete sie ein Glas über dem Grabhügel aus und trank das andere bis auf den letzten Tropfen leer. Dabei fühlte sie eine wunderbare Wärme.

Sie verstaute alles, was sie mitgebracht hatte, wieder in ihrem Beutel, alles bis auf die Grabkerze im roten Glas, Ritchies letztes Rampenlicht.

„Mach's gut, du Vollidiot, und hoffentlich auf später mal!"

Die Frau trug eine dunkle Winterjacke und hatte ein Tannenbäumchen in der Hand.

„Ein frisches Grab, mein Beileid!", sagte sie mitfühlend, als sie vorbeikam, „ich weiß, wie sich das anfühlt. Das Bäumchen hier ist für meinen Mann, er ist genau vor einem Jahr überfahren worden. Er liegt gleich dort drüben."

„Mein Beileid!", gab Dorthe zurück, weil es sich so gehörte.

Die Frau ging weiter, blieb in der übernächsten Grabreihe stehen und stellte das Bäumchen in die weiße Schneeheide, die das Grab ihres geliebten Norberts bedeckte. Dabei dachte sie nach.

„Hatte auf dem Holzkreuz gerade wirklich *Richard Rosenberg* gestanden? Sollte sie die Frau, die gerade von der Grabstätte wegging, fotografieren? Von hinten, mit Bommelmütze, in der einbrechenden Dunkelheit? Sollte sie Bescheid sagen? Oder waren das alles Spinnereien?"

Sie wusste keine Antwort. Also würde sie es mit Norbert besprechen. Mit dem sie immer alles besprach, was wichtig war. Er hatte schon zu Lebzeiten meist gute, nachvollziehbare Ratschläge parat.

Was Norbert wohl sagen würde?

Das Problem dabei: Wenn zwei liebende Herzen sich austauschen, werden Dritte wie wir niemals etwas davon erfahren und für immer ahnungslos bleiben.

„Bin echt neugierig, was du meinst, mein Liebster", sagte Kommissarin Karin Schulte-Karmann und zündete die kleinen Kerzen auf dem Bäumchen an.

Dann hörte sie zu.

Einen hab ich noch, einen Nachtrag zum Phänomen Harald Juhnke, eine Geschichte, die ich selbst mit ihm erlebt habe. Heutzutage würden alle ganz devot schreiben: „… erleben durfte.“ Aber ich *durfte* nicht nur, ich musste sogar.

In den späten 1980er-Jahren habe ich im Südwestrundfunk ein Fernsehquiz betreut, das einen rätselhaften Titel trug, nämlich *Solo für 12*. In jeder Folge saß ein Prominenter vor zwölf Leuten wie Du und ich, deren Meinungen zu einem bestimmten Thema er einschätzen sollte. Nachdem er – ganz wichtig! – seine eigene Sicht der Dinge dargelegt hatte.

Als Harald Juhnke in die Sendung kam, war höchste Alarmstufe. Michael, der Redakteur, ließ den Gast auf Schritt und Tritt bewachen, damit ihn bloß kein Schritt Richtung Kantine führte. Es gab damals zwei Kantinen im Sender, einerseits die Abfresse und dazu die vornehmere, die auch Alkoholika anbot und damit eine verbotene Zone war. Alle taten wir unser Bestes. Die Stylistin brauchte eine Ewigkeit für Juhnkes Maske, die Garderoberin quatschte ihn beim Bügeln seines Sakkos gnadenlos zu, und ich verwickelte ihn in ein Vorgespräch, als ginge es um die Inszenierung von Goethes Faust. Ich habe mir den Mund fusselig geredet, Juhnke war erkennbar unruhig, bemühte seine ganze Überredungskunst und seinen Berliner Charme, um an einen Schluck zu kommen, aber ich habe es geschafft. Er kam trocken ins Studio.

Die Aufzeichnung begann.

Erste Frage: „Würden Sie in einen Zug einsteigen, der vollkommen automatisch fährt ohne Fahrer in der Lok?“

Harmloser ging es nicht, aber Juhnke lief zur Hochform auf.

„Wenn es in diesem Zug einen Speisewagen gibt, und ich in diesem Speisewagen ein Glas Champagner bekomme, dann fahre ich mit, egal wohin!“

Verdammte Axt, war das ein Typ gewesen!

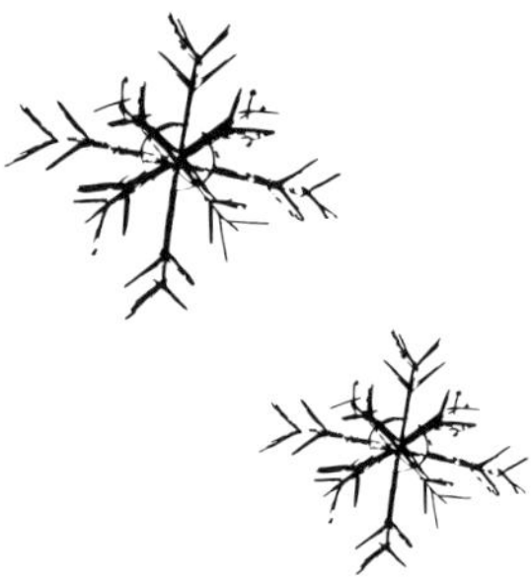

Weihnachtsknaller

Die Liebe is een Feuerzeug
Det Herz, det is der Zunder
Und fällt een kleenet Fünkchen rin
So brennt der janze Plunder
Adolf Glaßbrenner, Humorist, „Vater des Berliner Witzes"
(1810–1876)

Berlin ist echt ein Knaller, insbesondere zur Adventszeit. Auch wegen der knackigen Popcorn-Überraschungen aus dem Adventsknallender, der von der Manufaktur „Knalle" in Prenzlauer Berg produziert wird. Bei Amazon ist das Teil jedes Jahr im Handumdrehen ausverkauft. Kommen aber auch lecker daher, die täglichen Überraschungen: Butterkaramell-Tahiti-Vanille, Bienenhonig-Bergsalz oder Mandel-Orange, vierundzwanzig unterschiedliche Sorten, mal sauer, mal süß.

Für Anne war der Advent gar nicht süß, er war die Hölle. Eine Hölle aus TikTok-Videos, und sie war das Opfer. Anne, das hässliche Entlein, dem es gar nichts nutzte, Schülerin an einem schicken Privatgymnasium in Kreuzberg zu sein. Denn die Umgangsformen dort sind rau, viele der wohlgeborenen Schüler sind fiese kleine Arschlöcher, die die eigene Nase hoch tragen und gleichzeitig auf jeden treten, dessen Nase ihnen nicht passt.

Anne war ideal zum Drauftreten. Viel zu lerneifrig, um cool zu sein, zu viel Babyspeck, um eine Schnecke zu sein, außerdem spielte sie Violine, ein total uncooles Instrument. Der Vater war zwar ein erfolgreicher Bauunternehmer, aber die Mutter stammte aus Izmir und gab gelegentlich Bauchtanz-Kurse. Das reichte vollauf.

Der Bashing-Anne-Adventskalender auf TikTok öffnete täglich ein neues Türchen. Dann steckte die pickelige Mobber-Meute auf dem Pausenhof die Köpfe zusammen und lachte sich scheckig. Über die Suchbilder zum Beispiel. Heute eine Krippenszene: „Wo ist Anne?" Ach ja, der Esel hatte ihren Kopf auf! Brüller! Oder die Hirten auf dem Felde mit den Schafen, das einzige schwarze trug Annes Gesichtszüge. Ebenfalls beliebt die *Alle-Kinder*-Sprüche. „Alle Kinder, die sind clever, nur nicht Anne, denn die Anne, die ist Panne." „Alle Kinder essen Schnitzel, nur nicht Anne, denn die Anne liegt in der Pfanne."

Anne hatte ihren eigenen Adventskalender längst von der Wand gerissen, in Stücke zerfetzt und in den Müll gestopft. Anne schlief nicht mehr, Anne heulte sich durch die Nächte, sie hatte Angst vor jedem neuen Tag, Anne war das einsamste Mädchen auf der ganzen Welt.

Dabei war der Adventskalender einst zur Freude junger Menschen erfunden worden, um das lange Warten auf das Weihnachtsfest erträglicher und spannender zu machen. 1939 war es gewesen, im „Rauhen Haus" in Hamburg, das als Kinderheim diente. Der evangelische Theologe Johann Hinrich Wichern stellte für jeden Tag des Wartens eine Kerze auf ein Wagenrad, für jeden Adventssonntag eine dickere. So schuf er gleich zwei Traditionen, den Adventskranz, der die Sonntage markiert, und den Adventskalender, der alle Tage bis Weihnachten zählt.

Familien, die sich so viele Kerzen nicht leisten konnten, erfanden daraufhin einen genialen Billigheimer. Vierundzwanzig Kreidestriche wurden an die Wand gemalt, und die Kinder durften jeden Tag einen wegwischen. Heutzutage gibt übrigens jeder Zweite in Deutschland bis zu 30 Euro für einen Adventskalender aus. Der Prestige-Wettbewerb macht vor nichts Halt, auch nicht vor Jesu Geburt.

Die Gestalt hockte im Gebüsch wie schon die Tage davor und spähte zur Villa hinüber, in der Anne wohnte. Nachgemachter Gründerzeit-Stil, Papa Bauunternehmer hatte die Idee dazu gehabt. Vom Seelenjammer seiner Tochter hatte er leider keine Ahnung, aber wie sollte er auch? Anne verschloss sich in ihrem Elend, erst recht vor den Eltern. Sie mauerte sich in ihrem Mädchenzimmer ein, das ihr die grausame Welt der angeblich sozialen Medien als unentrinnbares Gefängnis zur Verfügung stellte. Manchmal riss sie dennoch aus, meist wenn es dunkel wurde, so wie jetzt. Dann ging sie zur Spree hinüber.

Es fiel leichter Schnee, der alles noch schlimmer machte. Mit seiner verdammten Oldschool-Romantik, nach der sie sich ganz tief im Innersten sehnte. Silberflocken, die vom Himmel schweben, einfach beschützt zu sein anstatt ausgeliefert, Vorfreude fühlen statt Verachtung, ein geliebtes verhätscheltes Kind sein, das bestimmt eine Puppe bekommt, in einem rosa Kleid natürlich.

Er war ihr hinterhergeschlichen und brauchte einen Plan. Einen perfekten Plan. Es musste unbedingt funktionieren, aber wie sollte er es anstellen? Einfach zuschlagen? Zaunlatten fielen ihm als Erstes ein, aber die waren riskant. Wie dosiert man einen Schlag, um zwar ein Racheengel zu sein, aber kein Mörder? Eine Waffe besaß er nicht, konnte auch nicht damit umgehen, ebenfalls ein unkalkulierbares Risiko. Mitten im Grübeln kam ihm Knaller-Kostmann in den Sinn. Knaller, das war's!

Anne saß am Fluss und überlegte wie schon so oft, ob sie einfach reingehen sollte. Hinein in das winterkalte Wasser, während weihnachtlicher Schnee auf sie herunterrieselte. Sie könnte sich in den sanften Wellen auf den Rücken legen, den Mund öffnen und spüren, wie die Flocken sich auf ihrer Zunge auflösten, während sich ihr Leben in Berlins bekanntestem Fluss auflöste. Sie würde sachte untergehen, abtauchen in die Gnade des Vergessens, dorthin, wo kein Mobber ihr folgen würde, weil die alle nur eine große Klappe hatten, aber keinen Hintern in der Hose. Die Tussen genauso wenig wie die Kerle.

„Es dauert nicht mehr lange", sagte die Stimme in ihrem Rücken, „ich werde dafür sorgen. Überlasse alles mir, ich weiß, was zu tun ist. Geh jetzt nach Hause, es wird kälter, und der Schnee wird immer heftiger."

Er sah erfreut und erleichtert, wie Anne seinen Worten folgte. Jetzt konnte er die Pläne ausführen, zu denen er berufen war.

Micha de Maizière, verdientes Mitglied der Mobbing-Mafia am Sokrates-Privatgymnasium in Kreuzberg, führte tatsächlich ein Tagebuch. Per Hand auf Papier. Das Grauen in der Kladde.

„Der Masseur ist gerade gegangen. Mutter liegt in der Marmorwanne und wäscht ihre erogene Zone in Unschuld. Wo bin ich da hineingeboren? Wer hat mich gezwungen zu leben? Wer hat mich zum Zyniker gemacht, der sich über das Leiden anderer amüsiert, weil er sonst keinen Spaß hat? Der nicht anders kann, weil er sonst am eigenen Leid zerbrechen würde?"

Micha schloss die Kladde, schmiss sie samt Kugelschreiber in eine Ecke und gönnte sich eine Dosis Fentanyl. Sein Vorrat war ausreichend, Beschaffungs- oder Geldprobleme gab es ja nicht. Angenehmes Privileg eines Haushalts mit ausreichendem Kontostand.

„In dieser Familie sind eh alle auf dem Trip", rechtfertigte er sich dabei zum x-ten Male. „Dad besäuft sich an den Verkaufszahlen seiner Bestseller-Bücher, Mam nimmt Stimmungsaufhellendes für den Unterleib, und ich bin der legitime Erbe der ganzen Sauerei."

Er wurde noch einmal mitfühlend, ehe das Chemie-Bonbon seine Pflicht tat: „Dass jetzt gerade du die ganze Scheiße meines Lebens ausbaden musst, das tut mir echt leid, Anne!"

Dann schmiss er sich angezogen auf sein Bett und sackte weg. Den Knall mitten in der Nacht bekam er überhaupt nicht mit.

Anleitungen gibt es im Internet ja genug, egal was wir vorhaben. Radreifen reparieren, den ultimativen Teig für Zimtsterne zusammenmanschen oder den perfekten Sprengsatz basteln. Der junge Mann brauchte kein Internet, um Explosives herzustellen, schließlich hatte er seinen Chemielehrer Knaller-Kostmann, der in ihm das Interesse geweckt hatte für alles, was zischt, raucht, kokelt, stinkt und im besten Fall auch noch in die Luft geht.

Vor ein paar Wochen hatte Kostmann im Unterricht die Geschichte des Molotow-Cocktails vorgetragen, der beileibe keine russische Erfindung ist, wie man meinen könnte. Obwohl die Sowjets beteiligt waren, indem sie im Zweiten Weltkrieg kurz vor Weihnachten in Finnland einfielen. Der sowjetische Politiker Molotow behauptete damals, ohne rot zu werden, die Armee würde Brot für die finnische Bevölkerung bringen. Diese dreiste Lüge beantworteten die empörten Finnen mit einem „Getränk passend zum Essen", sie bewarfen die vorrückenden russischen Panzer mit Brandflaschen, die sie Molotow-Cocktails nannten. Brennbare Flüssigkeit in eine Pulle füllen, mit dem Korken einen Fetzen Stoff als Lunte befestigen, die Lunte anzünden, und ab die Flaschenpost. Beim Aufprall gibt es tausend Scherben, der Sprit fängt Feuer und alles geht hoch. Die kostengünstige und effektive Waffe wurde bald in einer staatlichen Likörfabrik in Rajamäki industriell hergestellt und kam 450.000 Mal gegen die Invasoren zum Einsatz. Advent, Advent, der Fusel brennt …

Am nächsten Morgen fand Micha sein metallic-blaues E-Bike als schwarzes Schrottpaket wieder, das wie ein Häufchen Elend an der verrußten Mauer des Mülltonnenhäuschens klebte. Der Akku explodiert, die fetten Stollenreifen geschmolzen, Glasscherben ringsum. Ein Wurf über den Gartenzaun, und das Inferno war perfekt gewesen. Zum Wohle, za zdorovye, Genosse Molotow! Im schneegezuckerten Rasen steckte ein Dartpfeil mit einem aufgespießten Kärtchen „Für Anne".

Kitty Caspari, Oberkommissarin bei der Brandermittlung des Berliner LKA 1, genoss gerade ihren Frühstücks-Buttertoast mit Schokostreuseln, der, wenn man so will, ein Vorläufer des Nutella-Brötchens war. Der Anruf aus der Zentrale störte dabei erheblich, aber drei Brandanschläge auf einmal sind eben kein Pappenstiel. Kitty stopfte sich den Rest des ungesund schokoladigen Frühstücks in den Mund, spülte mit Cappuccino nach, wickelte sich in den Wintermantel, verabschiedete sich von Katze Cleopatra und hastete zur Bushaltestelle.

Kommissar Aschenbrenner, ihre rechte Hand, hatte das Nötigste schon vorsortiert und brachte sie auf den Stand der Dinge.

„Drei Brandanschläge auf Fahrräder, alle in der Nacht verübt, und zwar mit Molotow-Cocktails. Alle Bikes Totalschaden. Sie gehören jungen Leuten, die auf das exklusive Sokrates-Gymnasium in Kreuzberg gehen. Ein stinkfeiner Laden, Privatschule, nimmt nur Kinder aus zahlungskräftigen Elternhäusern und ein paar Alibi-Stipendiaten, die der Vorspiegelung dienen, die Geldmaschine sei eine segensreiche soziale Bildungseinrichtung.

Die Geschädigten sind Micha de Maizière, 16, Sohn des Schriftstellers Oliver de Mazière. Zerstört wurde sein E-Bike im Wert von 2.700 Euro. Ina Kolb, 15, Stipendiatin, Vater Finanzbeamter, Mutter Sprechstundenhilfe. Einfaches Dreigang-Rad, Wert gegen null. Und als dritter Helge Hagemann, 17, Abkömmling des Autohauses Hagemann, wo man Bentleys, Lambos und Co. kaufen kann, falls man das nötige Kleingeld aufbringt. Entsprechend sein fahrbarer Untersatz, ein Premiumbike, jetzt allerdings der letzte Schrott."

„Gehen alle drei in eine Klasse?"

„Alle drei sind in einer Klasse, ja. Oberstufe, zwei Jahre vor dem Abi."

„Also gebildete Vollpubertierende. Spuren? Hinweise?"

„Die Brandsätze beziehungsweise die Reste werden gerade untersucht, an allen Tatorten fanden sich Dart-Spikes mit einem aufgespießten Kärtchen ‚Für Anne'."

„Wer ist Anne?"

Aschenbrenner nahm die Frage leicht beleidigt zur Kenntnis. Natürlich hatte er die Recherche längst angeleiert: „Anfrage bei der Schulleitung läuft. Klar doch, bin ja keen Döskopp, wa?"

Immer, wenn er sich aufregen musste, verfiel Aschenbrenner ins Berlinische.

„LKA 1, Caspari und Aschenbrenner, Caspari mit C", stellten sich die Beamten vor.

„C&A also.“ Die biedere Schulsekretärin schien im Innersten ein kleiner Schelm zu sein. Dann stöckelte sie zur schweren Doppeltür, die in das Allerheiligste führte. „Unser Direktor erwartet Sie schon.“

Kitty Caspari war beeindruckt. Das war kein Direktorat, das war ein Salon. Als sie aufs Gymnasium gegangen war, sah das vollgestopfte Zimmer des Schulleiters aus wie ein Albtraum aus den 90er-Jahren. Farbenfrohe Tapete, kostengünstige Spanplattenmöbel, dazu ein monströser Computer. Hinter einem würfelförmigen Monster von Bildschirm saß der Direx und machte ganz auf cool, als wäre er Brad Pitt. Den ausladenden Hemdkragen trug er über dem Revers des Sakkos, das gegelte Haar hing lässig über der Stirn und war hinten zu lang. Auf eine getönte Sonnenbrille verzichtete er klugerweise, das war dann doch zu unpädagogisch. In seinem abgefahrenen Direktorenzimmerchen hatte Kitty einst gebeichtet, dass sie bei der Mathearbeit heimlich einen Taschenrechner benutzt hatte. Ein Verbrechen. Aber problemlos erklärbar, Smartphones hatte es ja noch nicht gegeben.

„Wie kann ich helfen?“, unterbrach der Schulleiter die nostalgischen Anwandlungen. Seine Stimme war dermaßen geschäftsmäßig und emotionslos, der war kein Schuldirektor, sondern ein CEO, in diesem Fall ein „Chief Education Officer“. Bei diesem Kerl hätte Kitty nicht den allerkleinsten Fehltritt zugegeben, sondern alles hartnäckig abgestritten.

„Wir suchen nach einer Anne, sie scheint im Fall der abgefackelten Fahrräder eine zentrale Rolle zu spielen.“

„Die einzige Anne an unserer Anstalt ist Anne Gillmeister, die Tochter des Bauunternehmers Gillmeister. Sie wissen sicher Bescheid, erfolgreicher Geschäftsmann und großzügiger Förderer unserer Einrichtung. Anne ist heute allerdings nicht zum Unterricht erschienen.“

Kommissarin Caspari intensivierte ihre Abneigung gegen den aalglatten leitenden Schnösel und ließ Aschenbrenner weitermachen.

„Gab es im Umfeld dieser Anne irgendwelche Vorkommnisse, die uns weiterbringen könnten?“

„Tut mir leid, mir sind keine bekannt. Wir hatten hier auch noch nie einen Schüler, der Attentate auf Fahrräder von Kommilitonen verübt hat, falls Sie darauf anspielen. Dieses Haus hat Stil, Bombenleger müssen Sie schon anderswo suchen.“

Mannomann, war das ein elitärer Fatzke, jetzt reichte es. Kitty bedankte sich schmallippig und verkündete, dass sie nun Annes Klassengemeinschaft befragen würden.

„Dürfen Sie das überhaupt ohne meine Zustimmung?“

„Aber so wat von, det ahnen Sie jar nüscht", entgegnete Aschenbrenner, der den arroganten Direktor ebenfalls satthatte.

Wie schon gesagt, immer, wenn er sich aufregen musste, verfiel Aschenbrenner ins Berlinische.

Auf dem Weg zum Klassenzimmer besorgten sie sich bei der Sekretärin noch sämtliche Telefonnummern, allerdings ging Anne nicht an ihr Handy, zuhause hob niemand ab und Papa Baumeister war in einer Besprechung. Stören verboten. Also störten die Kommissare beim Literatur-Unterricht, und sie störten gern. Sie störten eine blasierte Blonde mit gemachten Lippen und übertriebenen Extensions, die gerade Brecht zitierte. Mit anderen Worten, Barbie goes Literatur:

An meiner Wand hängt ein japanisches Holzwerk
Maske eines bösen Dämons, bemalt mit Goldlack.
Mitfühlend sehe ich
Die geschwollenen Stirnadern, andeutend
Wie anstrengend es ist, böse zu sein. *

Kitty Caspari ging mit geschwollenen Stirnadern dazwischen, ihr Tonfall war unüberhörbar scharf. Der ganze Laden hier war genauso unangenehm wie der Direktor.

„Das Böse gibt es nicht nur als Gedicht, sondern auch ganz real. Und deswegen sind wir beide hier, mein Kollege Aschenbrenner und ich. Landeskriminalamt Berlin, Brandermittlung. Mein Name ist Caspari, und Sie sagen mir auf der Stelle, was mit Anne Gillmeister los war. Weiß jemand, wo sie sich aufhält? Ich will Fakten, keine Unschuldsmienen, kein Weißnicht oder sonstigen Blödsinn. Also raus mit der Sprache, und zwar sofort!"

„Alle Kinder gehn aufs Klo, nur nicht die Anne, denn die Anne macht in die Wanne!"

Allgemeines Gelächter.

Mistbande! Die Kommissarin begann, den Braten zu riechen, und hielt bedrohlich auf die aufgebrezelte Blonde zu, die ihren Brecht mit dem aufschlussreichen spaßigen Spruch ergänzt hatte.

„Mitkommen, Einzelgespräch!"

Aschenbrenner schaltete sofort: „Alle anderen bleiben hier, Gruppenarbeit unter polizeilicher Leitung."

In diesem Haufen war nichts zu machen mit „guter Cop, böser Cop", hier würden sie nur mit der Methode „lauter böse Bullen" weiterkom-

* Bertolt Brecht „Die Maske des Bösen", Suhrkamp, Frankfurt am Main

men. Zum Glück eine erprobte Spezialität der Abteilung C&A, aber so wat von!

„Sie ist ein Mopfer.“

„Ein was?“

„Abkürzung. Ein Mobbing-Opfer, wie dafür gemacht.“

Die Blonde mit den Hyaluron-Lippen und der bizarren Haarpracht war 16 und hieß Liese. Sie grinste. „Wir hatten jede Menge Spaß mit dem Weichei, aber die jagt garantiert keine Räder in die Luft.“

„Wer in der Klasse hat mitgemacht?“

„Na ja, fast alle. Micha, Ina und Helge waren die Chefs. Die haben die Videos gebastelt und sich die Sprüche ausgedacht. Die Fahrräder sind wohl die Rache dafür.“

„Aber wer hat den Rächer gespielt? Hatte Anne einen Freund?“

„Einen Freund? Pah!“ Liese zog eine verächtliche Grimasse. „Die hat sich doch nicht einmal getraut, einem Kerl auf den Hintern zu schauen, die heilige Jungfrau!“

„Also keine Idee, wer es getan haben könnte?“

„Keine Idee!“

Liese drehte gelangweilt an ihren Extensions.

„Okay, das war’s dann. Dein Schlauchbootmund sieht übrigens total billig aus. Wie bei einem C-Klasse-Promi.“ Kitty musste dem unausstehlichen Gör einfach eine mitgeben.

„Pass bloß auf, vielleicht bist ja du das nächste Opfer! Alle Kinder, die sind nett, nur nicht die Liese, denn die hat Lippen, richtig fiese …“

Bauunternehmer Gillmeister war sofort nachhause zu seiner Frau Gülcan gefahren, nachdem ihm seine Sekretärin vom Anruf der Polizei berichtet hatte. Die beiden suchten die Villa ab, den parkähnlichen Garten, sie fragten sich durch die Nachbarschaft – ohne Ergebnis. Niemand hatte etwas gesehen oder gehört. Anne war wie vom Erdboden verschluckt. Gülcan brauch in Tränen aus, ihr Augenstern war verschwunden, ihr Mädchen! Mit Absicht verschwunden, wie es schien, sonst hätte sie den Schulrucksack nicht in ihrem Zimmer zurückgelassen. Und sie würde an ihr Handy gehen.

Das Mädchen irrte durch Berlin. Stundenlang bis in die frühe Winterdunkelheit. Zarte Flocken schneiten vom Himmel, die kunterbunte Weihnachtsbeleuchtung der Einkaufsstraßen blendete ihre Augen, die Lichter spiegelten sich in ihren Tränen. Lächerliche Weihnachtsmänner standen vor den Einkaufstempeln herum, um die Stimmung und den Umsatz zu heben. Ein Leierkastenmann drehte am Rad und sang dazu „Dies ist der Tag, den Gott gemacht".

Für wen aber hatte er diesen Tag gemacht? Bestimmt nicht für Anne, da war sie sich sicher. Dieser Gott hatte sie längst vergessen.

Anne fing an zu rennen, rannte Richtung Bahnhof Friedrichstraße, der zu DDR-Zeiten „Tränenpalast" genannt worden war, weil es hier so viele Abschiede gab, wenn Besucher aus dem Westen wieder nach Hause fahren mussten. Die Tristesse von damals war längst einer geschäftigen, einfältigen Vielfalt gewichen. Anne rannte vorbei am Dönerstand, dem Drogeriemarkt, dem Coffeeshop, dem EDEKA, vorbei an McDonald's und am Reformhaus, rannte hinunter zur S-Bahn. Anne hatte beschlossen, ebenfalls Abschied zu nehmen.

Währenddessen hockte die Gestalt im Gebüsch wie schon so viele Tage davor und spähte zur Villa im Gründerzeitstil hinüber. In der Einfahrt standen der schwere Audi des Hausherrn sowie ein neutraler PKW mit ausgeschaltetem Blaulicht, alle Fenster waren erleuchtet, im Wintergarten ging das Ehepaar Gillmeister ruhelos auf und ab. Ein Mann und eine Frau, offensichtlich von der Polizei, telefonierten wild gestikulierend mit ihren Smartphones.

Da durchfuhr es die Gestalt wie ein feuriger Blitz. Der junge Mann, der Dennis hieß, die Abiturklasse besuchte und Molotow-Cocktails bauen konnte, sprang auf, raste über die Straße und stürmte in das Haus hinein.

„Ich weiß, wo sie ist! Ich weiß es! Mir nach, aber rasch!"

Dennis rannte, so schnell er konnte, rannte mit pfeifenden Lungen, rannte zur Spree. Zu Annes Stelle am Wasser, da wo sie immer saß, wo er ihr als anonyme Stimme das Ende des Albtraums versprochen hatte. Sie wusste nichts von seiner Zuneigung, wusste nicht, dass er ihretwegen zum Attentäter geworden war. Sie wusste wohl auch nicht, dass er das Ende des Mobbings bereits herbeigebombt hatte. Annes Eltern und die Polizisten, die ihm zu folgen versuchten, wussten noch weniger, es lag jetzt alles an ihm, an ihm ganz allein.

Wie mattes Silber lag der Wasserspiegel der Spree im Abenddunkel, erhellt von wenigen zerstreuten Sternen, die sich nach dem Ende des Schneefalls hervorgewagt hatten. Und im Silber sah er ihre Silhouette, sah, wie seine Anne langsam und unbeirrt in den Fluss ging, ganz bewusst immer weiter und weiter. Jetzt nur nicht aufgeben, Dennis, du musst es schaffen, es ist deine Mission! Er spürte die Kälte der Fluten, das Wasser saugte sich in seine Kleidung, es stank nach Fisch und Brackwasser, alles egal. Anne war zum Greifen nah, aber sie ging unbeirrt weiter, zeigte ihm die kalte Schulter, bis er sie endlich, endlich zu fassen bekam.

„Halt dich fest, Anne, halt dich bei mir fest, ich trag dich zurück ins Leben!"

Der Molotow-Cocktail wird auf der Liste der verbotenen Waffen geführt. Das bedeutet, Herstellung, Erwerb, Besitz, Überlassen oder Mitführen sind verboten und können mit Gefängnisstrafen zwischen sechs Monaten und fünf Jahren sanktioniert werden. Das Werfen wird seitens der Justiz im Allgemeinen als versuchtes Tötungsdelikt gewertet.

Es war ihm gleichgültig, denn er hatte seine Liebe gerettet.

„Ich halte zu dir, ich begleite dich überallhin", sagte Anne leise, „und Papa stellt dir den besten Anwalt."

Dann schwiegen sie beide und sahen hinaus auf die Spree, dorthin, wo beinahe ein endgültiger Abschied stattgefunden hätte. Das war der Tag, den Gott gemacht.

Kitty feierte Weihnachten gemeinsam mit Cleopatra. Ein risikoloses Unterfangen, denn die Mieze war völlig ungeeignet für lustige Katzenvideos, in denen Christbäume als Klettergerüste herhalten müssen und schließlich spektakulär umkippen, dabei den Stecker der Lichterkette aus der Dose ziehen und alles zappenduster wird. Nein, im Hause Caspari herrschte gemütlicher Kuschelfrieden, musikalisch begleitet von Mariah Carey und gekrönt von exquisiten Weihnachtsleckerbissen.

Cleo tat sich an einer Dose „Gourmet-Perle" gütlich. Das Etikett verkündete stolz, worum es sich handelte: „Ein Duett von Lachs und Seelachs in einer schmackhaften Sauce, schonend gegart, ohne künstliche Zusätze". Halleluja!

Und Kommissarin Kitty? Die hatte eine Flasche Merlot geöffnet und knackte mit Hingabe Popcorn von „Knalle", Sorte Winterapfel-Haselnuss. Man gönnt sich ja sonst nichts. Frohe Weihnachten!

Abflug aus dem Adlon

Französisch die Karte, nach der man serviert
Aus England die Möbel, ganz frisch importiert
Das Orchester aus Ungarn, die Kellnerin aus Wien
So schwindest du hin, mein altes Berlin!
*Protest-Couplet gegen den Bau des Hotel Adlon (1905) **

Lediglich zwei Morde und ein einziges Attentat in 116 Jahren, das ist ein akzeptabler Schnitt für ein Spitzenhotel. Das Attentat hatte der deutsche Kaiser Wilhelm II. persönlich heraufbeschworen, indem er ausländischen Staatsgästen davon abriet, in seinem Schloss abzusteigen.

„Passen Sie mal auf, bei mir im Schloss ist es kalt, die Heizung funktioniert nicht, und es zieht schrecklich durch die Fenster. Jehn Se mal lieber zu Lorenz Adlon!"

Der russische Zar Nikolaus II., ein Cousin des Kaisers, tat, wie ihm geheißen, was ihn fast das Leben gekostet hätte. Anarchisten hatten einen Anschlag auf ihn geplant, der im letzten Augenblick schiefging. Bösewicht war pikanterweise der Vizedirektor des Hotels gewesen, der Spielschulden bis über die Halskrause angehäuft hatte und sich deswegen erfreut als gut bezahlter Attentäter rekrutieren ließ. Einen Agenten des Zaren, der ihm auf die Schliche gekommen war, hatte er noch umgebracht, aber beim Zünden der Bombe versagten ihm die Nerven.

Mord Nummer zwei wurde in der Silvesternacht 1918 verübt. Es traf einen Postzusteller, der Geldbriefe im Wert von 278.000 Mark bei sich trug plus eine Nachnahmesendung für einen Hotelgast, der sich später als falscher Baron herausstellte. Der selbsternannte Adelige blies dem Postbeamten kurzerhand das Lebenslicht aus, machte sich mit den Geldbriefen aus dem Staub und konnte erst drei Jahre später dingfest gemacht werden. Der Mörder, der als Theaterautor leidlich Erfolg hatte, verfasste über seine Tat sogar ein Bühnenstück. Es kam allerdings nie zur Aufführung, denn noch vor Prozessbeginn nahm er sich mit einer Rasierklinge das Leben. Finaler Schnitt.

* Musik und Text: DP

Der aktuelle Tote kam geflogen, touchierte kurz vor dem Aufprall noch eine eingerollte Markise und klatschte mit einem höchst unschönen Geräusch nahe dem Adlon-Haupteingang, Unter den Linden 77, in den weihnachtlichen Schneematsch. Direkt vor den Fenstern der *Brasserie Quarré*. In der saßen die Gäste gerade vor ihrem Zartbitter-Schokoladen-Sorbet mit Mini-Madeleine, Brownie und einem Macaron. Eine Leiche zum Dessert also.

„Wat war det denn?", rätselten die Taxifahrer, die sich an ihrem Stand tratschend den kalten Winterabend vertrieben.

„Da is eener jeflogen jekomm', direktemang von oben, Selbstmörder, wa?"

„Geht mal kieken, ick funke die 110 an!"

Der abgestürzte Körper war längst umstellt. Der Wagenmeister mit Zylinder und ein Bellboy in Uniform waren herbeigerannt, etliche Passanten ebenso. Im *Quarré* drängten sich die Gäste vor den bodenlangen Fenstern, einige zückten hirn- und herzlos sogar ihre Handys. Wer sich teure Restaurants leisten kann, muss nicht zwangsläufig ein feinsinniger Mensch sein.

Da kamen auch schon die Polizei und der Notarztwagen angeschossen, die Autos hielten mit quietschenden Reifen, der braune Matsch spritzte hoch.

„Weg hier! Alle!", die Ansage war klar und deutlich. Die Beamten scheuchten die Zaungäste weg, die Notärztin beugte sich über die verunglückte Person. Im Restaurant befestigten die Kellner Tischdecken mit Klebestreifen an den Fenstern und hielten so das Unglück draußen. Etliche Neugierige waren bitter enttäuscht von so viel Fürsorge und verlangten nach der Rechnung. Vielleicht kamen sie ja auf der Straße noch auf ihre Kosten.

Die Taxifahrer gingen zurück zu ihrem Kollegen.

„Und?"

„Der hatte 'ne Weihnachtsmütze auf."

„Und weiter?"

„Nüscht mehr zu machen, fürchte ick. Voll auf die Mütze!"

Maria Meier-Sabisch war wegen des Oktoberfestes nach Berlin gekommen.

Das schreit nach einer Erklärung, und die liefere ich natürlich sofort. Einst war die Maria lediglich eine Meier gewesen, aber nachdem sie im Armbrustschützenzelt den strammen Sabisch-Burschen aus Berlin kennengelernt hatte, waren ihre Tage in der bayerischen Metropole gezählt. Zudem der Mann nicht nur in der Lederhose und mit einer Maß Bier intus eine gute Figur machte, sondern auch in seinem Beruf als Kriminalbeamter. Was sich prima traf, oder wie man aktuell sagt, was optimal matchte, denn Maria war auf dem Weg in den höheren Polizeivollzugsdienst. Sie heuerte in der chronisch unterbesetzten Abteilung ihres strammen Steffens an, und bald waren sie ein Team, privat und auch im Job. SMS und MMS.

Kann sein, dass die Kürzel etwas dauern, bis sie matchen – sorry!

Steffen hatte heute Babydienst, weil Maria Polizeidienst hatte. Also kümmerte sie sich um kalte Leichen und er sich um wohltemperierte Babyfläschchen. Gerade hatten sie telefoniert, die Kleine hatte brav Bäuerchen gemacht, jetzt schlief sie.

Die Weihnachtsfeier der *Aphrodite Erotikshop GmbH* war vor allem deswegen zustande gekommen, weil die Firma nicht preiskritisch war, wie man das vornehm ausdrückt. Will heißen, der Versandhändler aus dem bayerischen Wallfahrtsort Altötting drückte eine Menge Kohle ab, um seinen Mitarbeitern aus dem Führungszirkel ein Incentive-Event im legendären Berliner Adlon zu ermöglichen samt 5-Sterne-Dinner und Übernachtung. Wer mit wem auch immer.

Im erzkonservativen Adlon waren sie in jeder Hinsicht äußerst großzügig und sahen über vieles hinweg. Denken wir nur an die legendäre Berliner Tänzerin Anita Berber. Die war eines Tages in den Roaring Twenties im hochgeschlossenen Nerzmantel und mit goldenen High Heels im Speisesaal des Adlon erschienen, hatte Champagner bestellt und dann den Mantel abgelegt. Was beachtenswert war, denn unter diesem Mantel trug sie nichts, rein gar nichts. Der Vorgang wurde von den anderen Gästen auch gebührend kommentiert, von den Damen mit spitzen Schreien, von den Herren mit wohlwollenden Blicken. Ein Hotelangestellter beendete die nackte Tatsache mit souveräner Contenance, indem er der Frau Berber den Mantel einfach wieder umhängte. Adlon obliege!

Die Feier der *Aphrodite GmbH* verlief komplett skandalfrei, auch wenn sie mit Sex-on-the-Beach-Cocktails eröffnet wurde. Diese 80er-Jahre-Highballs aus Florida passten zwar vom Namen her prima, gelten aber unter Barkeepern als mittelmäßig, weil sie eine geradezu unanständige Süße aufweisen, die vom Pfirsichlikör und vom Ananassaft herrührt. Daran können auch die Cranberrys und der Wodka nichts ändern.

Nach dem Ende der Party ging es dann in einigen Zimmern ausgelassen zur Sache, ohne Cocktails, ohne Beach, aber mit Sex. Aphrodite obliege.

Der Tiefflieger vom Adlon hieß Josef Siebmacher und lag nicht mehr im Schneematsch, sondern in der Rechtsmedizin. Hier herrschte Katharina die Große, so genannt, weil von hochgewachsener Gestalt. Sie hatte in ihr Büro geladen und schaukelte auf dem kirschroten Drehstuhl lässig hin und her. Die Kommissarin, eher klein geraten, rettete sich wie immer auf den Schreibtisch ihrer Freundin, so waren beide in etwa auf Augenhöhe.

„Der tote Herr Siebmacher ist an den Folgen des Sturzes gestorben. Erspar mir die Details, die sind nicht wichtig. Bemerkenswert aber ist die Tatsache, dass der Tote am Unterleib jede Menge Hämatome aufweist. Offensichtlich hat ihm jemand mit roher Gewalt in die – du weißt schon – getreten. Dazu war er rettungslos besoffen, über zwei Promille. Aus beiden Tatsachen folgt, dass er in seinem Zustand nicht von selbst über das Geländer vor dem bodenlangen Fenster geklettert sein kann, um Suizid zu begehen. Also ein Tötungsdelikt, jemand hat nachgeholfen, und der Weg aus der dritten Etage hat gereicht. Aufprall, Abgang, Ende."

Eine Pathologin wie Katharina die Große kann sich keine Empathie leisten, sonst ist sie im falschen Film.

Die Leute von der Spurensicherung waren bereits abgezogen, als Kommissarin Meier-Sabisch die versiegelte Tür zum Superior-Deluxe-Zimmer öffnete, in dem Josef Siebmacher hätte nächtigen sollen. Aber dazu war es nicht gekommen.

Die KTU-Menschen hatten das Chaos nahezu genauso verlassen, wie sie es vorgefunden hatten. Außerdem war alles auf Fotos dokumentiert. Von Deluxe keine Spur mehr, der Raum glich einem Schlachtfeld. Das Bett zerwühlt, Decke und Kissen mit Rotweinflecken übersät, der Barschrank geplündert, die Vasen mit den stilvollen Blumenarrangements waren offensichtlich als Wurfgeschosse benutzt worden und lagen in Scherben. Hier hatte ein Kampf stattgefunden, aber wer war der Gegner gewesen? Maria würde es herausfinden, zog die Tür wieder ins Schloss, brachte ein neues Siegel an und machte sich auf den Weg in den Palais-Saal, in dem man die dreißig Teilnehmer der Weihnachtsfeier zusammengetrommelt hatte. Aber nicht zu einem rauschenden Fest unter den blitzenden Kronleuchtern, sondern zur Befragung bei einem Katerfrühstück mit viel Kaffee und noch mehr Aspirin plus C.

Das Adlon hat natürlich auch Gäste, die nicht in Mordermittlungen verwickelt sind. 125.000 sind es jährlich, die von 400 Angestellten empfangen, betreut und umsorgt werden. Allein 70 Köche zählt das Haus. Die

Queen war schon hier gewesen, Henry Ford, Marlene Dietrich, Greta Garbo, Mark Twain, Dustin Hoffman, der Dalai Lama, die Altrocker von den Rolling Stones und der King of Pop, Michael Jackson. Der zeigte sich im Jahre 2002 den kreischenden Fans am Fenster seiner Suite im fünften Stock und hielt dabei den neunmonatigen Prince Michael II. mit einem Arm über die Balkonbrüstung. Den Teenies stockte der Atem, denn beinahe wäre ihm das Kind entglitten.

Da war die Sache mit Charlie Chaplin schon lustiger. Der hätte in der Lobby fast die Hose verloren, weil ihm die Verehrerinnen am Eingang vor Begeisterung alle Knöpfe der Hosenträger abgerissen hatten. Als ewige Erinnerung an ihr Idol. Chaplin hielt seine Hose mit der Hand fest und entkam mit knapper Not in den Lift.

Die Begutachtung und Befragung der Partygäste war ein Schlag ins Wasser, das an diesem Morgen vor allem für den Transport von Kopfschmerztabletten diente. Von den verkaterten Feierbiestern wies niemand irgendwelche Blessuren auf, die auf eine Auseinandersetzung hindeuteten. Sofern die Leute sich überhaupt erinnern konnten, hatte keiner etwas gesehen oder gehört. Einige waren anschließend allein aufs Zimmer gegangen, andere gaben sich grinsend gegenseitig Alibis. Bei der Weihnachtsfeier selbst hatte sich die Katastrophe nicht angekündigt, Kollege Siebmacher hatte beim Rotwein zugeschlagen wie immer, war aber weder ausfällig geworden noch sonst was. Alles sei normal verlaufen, niemand konnte sich den Abflug erklären.

Einer oder eine von der Bande musste gelogen haben. Oder gleich mehrere?

Als Kommissarin Maria Meier-Sabisch das noble Haus durch die Lobby-Bar verlassen wollte, kam sie auf eine verrückte Idee. Sie setzte sich neben den Elefantenbrunnen aus weißem und schwarzem Marmor, den der Maharadscha von Patiala dem Haus 1930 geschenkt hatte, und bestellte einen Döner. Ja, auch so etwas gibt es im Adlon, selbstredend in einer Luxusversion. Gereicht im Viertelfladenbrot, komponiert aus Kalbfleischstreifen, mariniertem Kraut, Tomaten, Zwiebeln und obendrauf – wie könnte es anders sein – frisch gehobelter Trüffel. Die geschäftsführende Direktorin brachte das Leckerbisschen als Aufmerksamkeit des Hauses persönlich an den Tisch und bemerkte lächelnd, dass die Rechnung leider verloren gegangen sei. Die geschätzte Frau Kommissarin käme also keineswegs in die Verlegenheit der Vorteilsnahme. Guten Appetit!

Ein endloses halbes Jahr hatte Cory Stiegler das Geheimnis mit sich herumgetragen. Die Scham war größer gewesen als der Wunsch, mit jemandem darüber zu reden. Mit wem auch? Mit ihrer Mutter, einer bis zur Selbstaufgabe gläubigen Frau, die einen Internethandel mit Devotionalien der Schwarzen Madonna von Altötting betrieb? Die ihren Ehemann am liebsten verlassen hätte, als er in der sündigen Firma *Aphrodite Erotik* anheuerte? Eine Trennung, an die aber nicht zu denken war wegen des katholischen Eheversprechens: „Vor Gottes Angesicht nehme ich Dich zu meinem Ehemann. Ich verspreche, Dir die Treue zu halten in guten und bösen Tagen, ich will Dich lieben, bis der Tod uns scheidet."

Sich einem Mann zu offenbaren, und sei es dem eigenen Vater, das brachte Cory nicht zustande. Die Freundinnen waren zum Feiern und Party machen okay, aber ansonsten internetsüchtige Trampel, die das Drama vielleicht auch noch in einem Post andeuten würden. Also war die junge Frau allein geblieben mit ihrer Last, verfluchte ihre Traumfigur, von der lustvollen blonden Haarpracht über die perfekt geformten Brüste bis zu den schlanken Fesseln.

Dann kam der vergangene Freitag, an dem sie es nicht mehr aushielt.

Das Einschlafritual für die Kleine war beendet. Die Kommissare Maria und Steffen hatten zum gefühlt hundertsten Mal das Lieblingslied ihrer Tochter gesungen und dabei die Händchen des Babys sachte aneinander gepatscht.

Die Hände zum Himmel
Komm lasst uns fröhlich sein
Wir klatschen zusammen
Und keiner ist allein. *

Es war das Lied, bei dem sich die beiden im Armbrustschützenzelt auf der Wiesn kennengelernt hatten, die Hymne ihrer Liebe also.

Dann kuschelten sie sich aufs Sofa, auf dem Couchtisch zwei Gläser mit dampfendem Glühwein, und Maria erzählte von ihrem Fall. Von dem Mann, der mit einer Weihnachtsmütze auf dem Kopf volltrunken in die Tiefe gerauscht war, nachdem ihn jemand in der Leibesmitte übel traktiert hatte.

„Passiert ist es letzte Nacht nach der Weihnachtsparty eines Internet-Sexshops. Dieser Josef Siebmacher war in dem Laden für den Webauftritt zuständig, Mitte 40, geschieden, keine Vorstrafen, keine Auffälligkeiten außer einer Vorliebe für Rotwein. Und stell dir vor, die Firma sitzt in Altötting, diesem bayerischen Wallfahrtsort, wo eine Schwarze Madonna verehrt wird!"

* Musik und Text: Claus Christian Pesch / Bernd Schöller,
Verlag: Spectre Media und Pick Up Music / Calling Card Musikproduktion

„Heiliger Himmel“, grinste Steffen und nahm einen Schluck von seinem Glühwein, „war hier gerade von Sex die Rede?“

„Du meinst, wir sollten uns jetzt nicht um Tote kümmern, sondern um den Fortbestand der Menschheit?“

Maria lächelte so milde wie die Schwarze Madonna und ging schon mal ins Badezimmer.

Am nächsten Morgen hatte Steffen die Kleine schon gefüttert, jetzt hielt er sie im Arm und schaute gleichzeitig Pornos. Nein, doch keine Pornos, Maria sah genauer hin, es war der Internetshop der *Aphrodite Erotik.* Steffen war gerade beim Studium eines wiederaufladbaren doppelmotorigen Paarvibrators mit Fernbedienung, der neuen Spaß zu zweit versprach: „Mehr Stimulation, mehr Penisumfang, mehr Stehvermögen, auch in Bad, Pool oder Dusche“, so der Text. Weiter hieß es: „10 Vibrationsmodi ermöglichen vielseitige Gefühls-Highlights bequem per Knopfdruck.“ Warum das Zauberding in einem ländlichen Jägergrün daherkam, bleibt ein wohlgehütetes Geheimnis des Herstellers. Kostenpunkt schlappe – Entschuldigung – stramme 59,95. Plus 19,95 für den Toycleaner, also das Reinigungsspray, das nach 60 Sekunden alles erledigt hat.

„Fällt dir auf, was mir auffällt?“, wollte Steffen wissen.

„Die Farbe taugt nichts“, antwortete Maria. „Diesen Rabbit-Vibrator mit der prallen G-Punkt-Spitze in Schwarz und Gold finde ich viel schärfer.“

„Ich meinte aber das Model, das die Spielsachen neckisch in die Kamera hält. Der Herr Siebmacher scheint ein Händchen für Frauen gehabt zu haben!“

„Du bist der Hammer!“ Sie fiel ihrem Steffen um den Hals, küsste sanft die Kleine, die mittlerweile weggedöst war, und war zwei Minuten später auf dem Weg ins Kommissariat.

Steffen durchforstete derweil den Internetshop nach Gerätschaften in Schwarz und Gold. War ja bald Weihnachten.

Nach zwei Stunden intensiver Recherche im Netz und am Telefon hatte Maria herausbekommen, wer das Model war. Der Name sagte ihr alles. Bingo!

Josef Siebmacher mit der Weihnachtsmütze auf dem Kopf mühte sich schwankend zum Lift. Ein Kollege erwies sich als wahrer Samariter. Er stützte den notorischen Schluckspecht und bugsierte ihn mit Müh und Not in den verspiegelten Fahrstuhl, dessen Türe ein paar Mal hin- und herfuhr, bis endlich kein Körperteil von Siebmacher mehr im Weg war.

„Wo hast du deine Zimmerkarte?"

„Sakkotasche rechts", das Genuschel war kaum zu verstehen. Als sie endlich die 314 erreicht hatten, stolperte Siebmacher Richtung Bett, drehte sich im Kreis und fiel rücklings auf die frisch gestärkte, leuchtend weiße Decke. Der Kollege öffnete den Barschrank, griff nach der Flasche Roten, entkorkte sie und befahl: „Mund auf!"

Dann goss er dem betrunkenen Elendshaufen Wein zwischen die Zähne, bis der hustete und spuckte. Anschließend stopfte er den Korken wieder in den Flaschenhals und begann, den Flaschenboden in Siebmachers Gemächt zu rammen. Immer wieder, immer wieder. Siebmacher stöhnte, wollte sich mit den Händen schützen, schaffte es aber nicht, sternhagelvoll wie er war. Der Kollege verrichtete schweigend sein Vernichtungswerk. Als er das Fenster öffnete, fuhr die kalte Winterluft wie eine arktische Bö in das Zimmer. Es war nicht leicht, das orientierungslose Paket Mensch vor die Brüstung zu zerren. Dann packte er den schwankenden Mann bei den Füßen und kippte ihn nach draußen. Fenster zu und nichts wie weg! Er ließ die Zimmertür sachte ins Schloss gleiten und zog die Einmalhandschuhe aus. Am nächsten Morgen würde er schon einen Platz finden, um sie unauffällig zu entsorgen.

Bei einer sorgfältigen Untersuchung in seinem eigenen Zimmer konnte er beruhigt feststellen, dass er kaum Spuren davongetragen hatte. Die drei Rotweinspritzer am Revers des Sakkos hätten ihm auch bei der Party passieren können. Sicherheitshalber entfernte er sie dann doch mit einem Waschmittel aus der Tube und föhnte eine halbe Ewigkeit die feuchten Stellen wieder trocken. Das Schwein war tot, Mission erledigt. Aber sein Gewissen raubte ihm den Schlaf.

Am nächsten Tag, nach der Befragung durch die Polizei, nahm er nicht an der Stadtrundfahrt teil. Er müsse unbedingt einen alten Freund wiedersehen, der nicht mehr lange zu leben habe, log er, das habe Vorrang vor Reichstag, Museumsinsel und Gedächtniskirche.

Über 20.000 Pflanzenarten sind im Botanischen Garten Berlin zu Hause, aber an denen hatte er kein Interesse.

Er mied die Gewächshäuser, vor allem das Große Tropenhaus mit seinen Palmen, Lianen, Bromelien, Orchideen und dem 25 Meter hohen Riesenbambus, der täglich bis zu 30 Zentimeter an Größe zulegen kann. Hier war alles voller Touristen, die sich gegenseitig auf die Füße traten und in tausend Sprachen durcheinanderredeten. Er hingegen brauchte Ruhe. Ruhe, um alles zu erzählen. Also suchte er die Japanische Laube auf, einen kleinen Pavillon aus rotbraunem Holz mit einem schlichten grünen Pagodendach. Hier war es zwar nicht so kuschelig warm wie in den Gewächshäusern, aber das war ihm gleichgültig. Ringsum fiel silbrig glänzender Schnee, das war ihm auch egal.

Er nahm sein Smartphone und schaltete die Aufnahmefunktion ein.

„Ich habe Josef Siebmacher getötet", begann er, „weil er es verdient hat. Ich habe auf ihn eingeschlagen und ihn dann auf die letzte Reise geschickt. Drei Stockwerke nach unten und hoffentlich noch weiter hinunter bis in die Hölle. Wir haben in derselben Firma gearbeitet, und ich habe ihm nichtsahnend in die Hände gespielt, als er die Idee hatte, in unserem Webshop nicht nur die Dessous mit Models zu präsentieren, sondern auch die Sexspielzeuge. Er stellte sich eine junge attraktive Frau vor mit einem zarten Reiz, nicht aufdringlich, aber anziehend. Sie sollte die Teile mit einem einladenden Lächeln in die Kamera halten, also alles ganz harmlos. Ich habe ihm meine Tochter vorgeschlagen, die unfassbar hübsch geraten ist. Da musste er nicht lange suchen und casten, und sie konnte sich etwas dazuverdienen. Welches Mädchen sagt da schon Nein?

Die Neuerung wurde ein voller Erfolg.

Letzten Freitag kam Cory zu mir, brach in Tränen aus und erzählte mir, was nach der letzten Aufnahme der Fotosession passiert war. Siebmacher, das Schwein, hat sie bedrängt. Sie hat sich gewehrt. Er hat geschmeichelt, er hat versprochen, Cory fühlte sich in die Ecke gedrängt, war alleine, hilflos und hat es schließlich widerwillig geschehen lassen. Ein halbes Jahr lang hat sie den Albtraum mit sich herumgetragen. Ich habe versucht, ihr Trost zu geben und Nähe, ich habe ihr versichert, dass ich sie verstehe, dass sie keine Schuld trafe. Nicht sie sei eine Schande, sondern allein er sei das Monster.

Gleichzeitig hat sich in mir ein Hass aufgestaut, wie ich ihn noch nie empfunden habe. Ein Rachedurst, als wäre ich ein Vampir und müsste Blut trinken. Die Weihnachtsfeier war eine willkommene Chance, den Schänder meines Mädchens zu bestrafen. Das habe ich getan, und jetzt komme ich mit dem, was ich getan habe, nicht zurecht. Ich habe mich zum Richter aufgeschwungen, ich habe getötet. Cory, ich habe es für dich getan!“

Gerhard Stiegler drückte den Stopp-Button, legte das Handy auf die Brüstung des Pavillons und ging weg.

Besucher des Botanischen Gartens fanden das Smartphone, das noch am selben Tag auf den Schreibtisch von Maria Meier-Sabisch gelangte. Die ja schon auf der richtigen Spur gewesen war.

Gerhard Stiegler blieb verschwunden, wie vom Erdboden verschluckt. Seine bigotte Ehefrau zündete in der Gnadenkapelle eine Kerze an und dankte der Schwarzen Madonna dafür, dass sie nun das Eheversprechen nicht mehr brechen musste.

Cory war stolz auf ihren Vater, der ihr Leid und ihre Schande gerächt hatte und deswegen zum Mörder geworden war. Gleichzeitig zerriss es ihr das Herz, denn sie würde ihn wohl nie wiedersehen. Das traurigste Weihnachten ihres Lebens.

Die Kleine war über das Wochenende bei Oma und Opa. Maria und Steffen schlenderten Hand in Hand durch den Weihnachtszauber am Gendarmenmarkt. Die Buden mit den spitzen weißen Hauben boten alles an, was der Advent an Gerüchen und Geschmäckern zu bieten hatte. Selbstverständlich auch die berühmte Berliner Bratwurst mit der pikanten Currysauce. Aber Maria ließ sich nicht erweichen: „Ich weiß etwas Besseres!“

Sie schleppte ihren Steffen Unter den Linden Richtung Adlon, denn auch dort gab es Currywurst. In der Lobby-Lounge beim marmornen Elefantenbrunnen. Mit Milchbrötchen und Pommes. Für 26 Euro die Portion. Adlon obliege!

Palim, palim, der Tod klopft an

Ehre unsan Jott und Friede uff Erdn.
Lukas 2:14, Berliner Version

Dieser fromme Wunsch sollte sich heute nicht erfüllen. Daran waren die Pommes schuld. Diese hinterhältigen Kartoffelstäbchen, die den Cholesterinspiegel in unserem Körper erhöhen und damit auch das Risiko von Herzerkrankungen. Beim Ausbacken kann zudem Acrylamid entstehen, das Krebs befördert. Alles in allem sind die Dinger einfach großartig ungesund!

Erfunden wurden sie vor über 100 Jahren in Südbelgien an der Maas, welche ein Fluss ist, der damals, als das Klima noch nicht durchdrehte, im Winter regelmäßig zufror. Die Fische unter dem Eis hatten ihre Ruhe, machten sich einen Lenz, aber für die Leute oberhalb des Eises gab es nichts zum Angeln und somit auch nichts zum Frittieren. Also schnitzten sie aus Kartoffeln fischähnliche Gebilde und schmissen sie in das heiße Fett. Das Ergebnis war nicht Fisch, nicht Fleisch, aber es wurde zum Welterfolg.

Natürlich kommen jetzt sofort die Siebengescheiten und erklären, das sei alles gar nicht wahr. Diese Entstehungsgeschichte sei eine Erfindung, aber das machen sie bei allen netten Geschichten, nur um uns zu ärgern. Siebengescheite haben keine Fantasie und keinen Humor und essen bestimmt auch keine selbstgeschnitzten Fritten.

Die steile Karriere der Kartoffelstäbchen gipfelte 1977 in einem Fernsehsketch, in dem sie literarischen Ruhm erlangten. In einem gespielten Witz von Dieter Hallervorden, den er nicht selbst geschrieben, sondern dem DDR-Unterhaltungs-Urgestein Heinz Quermann abgekauft hatte. Für 500 Mark. Seitdem wird der Didi das Palim-Palim-Stigma nicht mehr los, da kann der Hallervorden in ernsthaften Filmen noch so brillieren. Die öffentliche Wahrnehmung hat eben Honig im Kopf.

Der Sketch geht übrigens so:

Zwei Knackis sitzen in ihrer Zelle und schieben Langeweile. Knacki II schlägt ein Spiel vor. Die beiden einigen sich darauf, Kaufmannsladen zu spielen. Didi ist der Kunde. Da er wegen der verschlossenen Zellentür durch nichts eintreten kann, öffnet er eine zweite, eine imaginäre Ladentür und imitiert mit den Worten „Palim-Palim" die Ladenklingel, die es früher in jedem Tante-Emma-Geschäft gegeben hat. Auf die Frage: „Bitteschön, was darf's sein?" antwortet Didi: „Ich hätte gerne eine Flasche Pommes frites." Knacki II ist auf diesen Wunsch nicht vorbereitet und schickt Didi zurück zum Ladeneingang. Er soll etwas anderes einkaufen. Also noch einmal „Palim-Palim" und Didis geänderter Wunsch: „Ich hätte gerne eine *kleine* Flasche Pommes frites." Der Verkäufer ist von seinem Kunden genervt, sie tauschen die Rollen. Jetzt ist Knacki II der Kunde, kommt rein und verlangt Pommes frites. Und Didi als Verkäufer fragt grinsend: „Ham Sie denn 'ne Flasche mit?" Das war 1977.

Wir springen ins Heute. Heribert von Schöningen, Superstar des deutschen Teleshoppings, flanierte mit seiner Frau Germaine über den Weihnachtsmarkt vor dem Schloss Charlottenburg und genoss den früh hereinbrechenden Winterabend samt Schneetreiben, nachdem er zwei Stunden lang bahnbrechende pinkfarbene Elektrowerkzeuge „für zarte Damenhände" präsentiert hatte. Er nannte in seinen Verkaufssendungen die Frauen grundsätzlich „Damen", das hatte er vom Designer Harald Glööckler abgekupfert, dem das weibliche Geschlecht zu Füßen lag, obwohl er nachweislich Kerle bevorzugte. Beim „schönen Heribert" war dies ebenso nachweislich anders, seine Domäne war eindeutig das weibliche Geschlecht. Ehefrau Germaine hatte zwar lange geglaubt, ihren Mann im Griff zu haben, aber der Flurfunk im Sender wusste es besser. Mehr dazu später.

„Du besorgst den Glühwein und ich die Pommes, okay?"

Für den Herrn von Schöningen war der Vorschlag seiner Frau natürlich okay, jede kleinste Folgsamkeit taugte als Beweis für unverbrüchliche eheliche Treue. So hatte er es immer gehalten.

Er erwarb also zwei dampfende Becher, nahm neben dem Glühweinausschank einen Stehtisch in Beschlag, sah auf das farbenfroh angestrahlte Schloss und erinnerte sich an eine Geschichte, die er recherchiert hatte, als er noch ein richtiger Journalist gewesen war und kein billiger Fernseh-Jakob für überteuerte Elektrowerkzeuge von der Resterampe.

Schloss Charlottenburg lag in den alten Zeiten noch jottwede, also janz weit draußen vor den Toren der Stadt, und diente als Sommerresidenz der Hohenzollern. Der Palast war ausersehen, das „achte Weltwunder" zu beherbergen, nämlich das Bernsteinzimmer. Diesen glitzernden Prunkraum mit Wänden aus dem gleißend braunen Stein, purem Gold und Spiegelelementen. Zum Einbau kam es aber nicht, Teile wurden schließlich in einem Hinterzimmer im Berliner Stadtschloss verbaut, bis am Ende der russische Zar Peter der Große das blinkende und blitzende Weltwunder erwarb. Der Soldatenkönig Friedrich Wilhelm I., ein sturer Militärschädel und erwiesener Kunstbanause, hatte ihm das prächtige Gemach im Tausch gegen großgewachsene russische Soldaten mit Gardemaß überlassen, also für 'n Appel und 'n Ei, wie der Berliner sagt. Der König war geschäftlich eine ziemliche Flitzpiepe gewesen, eine nette Berliner Umschreibung für Vollpfosten.

Da kam auch schon Germaine an und präsentierte zwei Tüten mit Pappschalen voller Pommes frites und reichlich Curryketchup. Die Tüten schienen nass geworden zu sein.

„Sind mir in den Schnee gefallen, aber nichts passiert. Lass uns genießen!"

„Auf uns!"

Sie hoben die Becher, denen weihnachtlicher Duft entstieg, und der erste Schluck war eine einzige Erinnerung.

Denn so hatten sie sich auch kennengelernt, vor drei Jahren hier auf dem Weihnachtsmarkt vor dem Charlottenburger Schloss. Damals waren es die Pommes vom selben Stand gewesen, gewürzt mit einer speziellen Mischung aus grobem Salz, Zwiebelpulver, Knoblauch, Paprikapulver und weiteren streng geheimen Zutaten. Dazu etliche Becher Glühwein, was im Bett geradezu zu einer Orgie geführt hatte und am Morgen darauf zu zwei frisch verliebten Brummschädeln.

Heribert, der sich auch als Fernsehmarktschreier immer noch „Moderator" nannte, hatte mal ganz seriös angefangen. Im Lokalfernsehen hatte er die Nachrichten präsentiert, war Gastgeber bei einem Quiz gewesen. Das ZDF oder Pro Sieben oder wenigstens Kabel 1 waren nicht mehr weit. Dann kam „Me-Too", eine Kamerafrau hängte ihn hin, damit Ende Legende.

Wäre da nicht der Teleshoppingsender gewesen. Ein unverschämt gut aussehender Kerl, der auch noch ein „von" war mit dem Ruch eines Schwerenöters. Das war doch der perfekte Traummann für die „Damen"! Heribert unterschrieb sofort den Vertrag, schließlich aß er am liebsten in gehobenen Restaurants, und eine Rolex Oyster zahlt sich auch nicht von selbst.

Kommissarin Kolibri genoss ebenfalls den früh hereinbrechenden Winterabend, aber das sollte nicht lange währen. Außerdem hieß sie nicht wirklich Kolibri. Da waren die Kollegen schuld, die ihr den Spitznamen verpasst hatten. Ein sogenanntes Silbenkurzwort. Gebildet aus „Kommissarin Linda Brinkmann". Sie hatte es großzügig hingenommen, schließlich ist der Kolibri genau wie sie von zarter Gestalt und kann einiges, was andere nicht können. In der Luft stehen beispielsweise und sogar rückwärts fliegen. Linda konnte auch etliches, was andere nicht schafften, deswegen war sie die jüngste Kommissarin in ihrer Behörde. Also eine Überfliegerin. Wie ein Kolibri.

„Meine Frau hat plötzlich Atemnot bekommen, sie hat geschwankt, nach meiner Hand gegriffen, und dann ist sie im Schneematsch ausgerutscht und hingeschlagen."

Heribert von Schöningen, der strahlende, selbstsichere Damen-Akkuschrauber-Präsentator, hatte jegliches Drehmoment verloren. Oder er tat wenigstens so. Kommissarin Kolibri traute nämlich keinem über den Weg, den sie im Rahmen von Ermittlungen antraf.

In diesem Augenblick kam ein Trupp von angetrunkenen Männern mit Weihnachtsmann-Bärten und Bierdosen vorbei, und kurz darauf schlugen Flammen aus einem Abfalleimer. Einer der Suffköppe hatte seine noch brennende Zigarette in den Eimer geschnipst. Sekunden später kam aus dem Stand nebenan eine Frau mit einem Feuerlöscher angerannt und hielt solange drauf, bis der gesamte Schaum heraus war und der Abfalleimer eine überdimensionale, weihnachtlich weiße Haube trug. Etliche Passanten kriegten sich nicht mehr ein vor Lachen, andere zückten ihr Smartphone. Eimer mit Hut, was für ein Motiv, Chapeau!

Kommissarin Kolibri maß dem Zwischenfall keine Bedeutung bei. Womit sie im Grunde auch recht hatte, denn die wichtigsten Beweise waren von den Flammen und dem Schaum ohnehin gerade vernichtet worden. Nasse Tüten und fettige Pappteller mit Resten von verdächtigem Curryketchup.

Am Tag darauf war das Stammpublikum des Shoppingkanals ausgesprochen irritiert, als nicht der smarte „Schöni" zum Werkzeugverkauf erschien, sondern der Sonnenstudio-gebräunte Muskelmann Clemens, der eigentlich für Beine, Brust und Po zuständig war, also für die segensreichen Geräte, welche die Fitness derer verbessern sollten, die den ganzen

Tag vor dem Fernseher hocken, um ihr Geld für Dinge hinauszuwerfen, die dann zu Hause sinnlos herumstehen und verstauben. Aber man kann sie ja mit dem magischen Anti-Dust-Wedel saubermachen, heute zum sensationellen Sonderpreis, jedoch nur, solange der Vorrat reicht.

Germaine arbeitete als Maskenbildnerin, beim Theater wie auch im Fernsehen. So hatte sie ihren Heribert kennengelernt, der jetzt unter dem Verdacht stand, seine Frau vergiftet zu haben. Mit Kaliumzyanid, in einschlägigen Krimis auch gerne Zyankali genannt. Ein lebensgefährliches kristallines Pulver.

„Es wirkt schon in geringen Mengen tödlich", dozierte die Ärztin, „mit Sicherheit war es über die Pommes gestreut worden, als wäre es ganz normales Salz. Zusätzlich zur Würzmischung, so fiel es nicht weiter auf. Dazu noch das Ketchup, alles zusammen muss den Bittermandelgeruch erfolgreich übertönt haben. Falls die Frau ihn überhaupt wahrgenommen hat, denn ein Großteil der Menschen hat keine Rezeptoren dafür. Der Notarzt aber hatte den Riecher gehabt. Dazu die rötliche Färbung der Haut, beides klassische Indikatoren für eine Blausäureintoxikation. Atemnot, Blockade der Atmungskette, Suffokation vulgo Erstickung, ruhe in Frieden."

Eine Medizinerin mit einer Vorliebe für Fachchinesisch und religiöser Bildung!

„Wir haben sie gerade noch vor dem ewigen Frieden retten können. Ob sie die Intensivstation übersteht, ist völlig ungewiss."

Assistent Königsberg wurde „Klops" genannt wegen der ostpreußischen Hackfleischknödel mit Kapernsoße. Dabei zählte er von der Figur her aber eher zu den Spargelgewächsen. Er hatte sich im Shoppingsender umgehört und breitete genüsslich die amourösen Abenteuer des Herrn von Schöningen vor seiner Kolibri-Chefin aus. Diese Abenteuer wären für jede Ehefrau Grund genug gewesen, ihren Mann gleich mit einer Familienpackung Zyankali zu bedienen. Aber der Mann lebte ja noch, die Frau war das Opfer, alles höchst ominös.

Also rief die Kommissarin im Schlossparktheater an. Welches dem Didi gehört, dem Didi der Nation. Dem Dieter Hallervorden, der den Trottel geben kann wie kein anderer und als Palim-Palim-Beauftragter vergeblich versucht, eine Flasche Pommes frites käuflich zu erwerben. Wenigstens das passte zum Fall. In den letzten Jahren hatte er unfallfrei die Kurve zum ernsthaften Schauspieler genommen und dazu das abgehalfterte Schlossparktheater in Steglitz zu neuem Leben erweckt. Die einst renommierte Bühne war zum Drehort für Fernseh-Castingshows heruntergekommen, Hallervorden hatte aus dem Tummelplatz der C-Klasse-Promis wieder ein A-Klasse-Theater gemacht.

Dort stand er jetzt auf der Bühne und probte sein neues Programm. Ein musikalisches Programm, wie er es jahrelang praktiziert hatte. Obwohl der Gesang wahrlich nicht seine Domäne war. Aber der Nonsens-Titel „Die Wanne ist voll“ hatte ja auch geklappt, folglich führte er seine Gesangskarriere fort und präsentierte auf der Bühne Couplets über den ganz normalen alltäglichen Wahnsinn mit besonderem Augenmerk auf die Politik. Gerade war er beim Finalsong, den er in einem gelben Narrenkostüm mit roter Pappnase zum Besten gab.

Er ist Harlekin, Kasper, Bajazzo und Clown,
Stets bereit, alle Welt in die Pfanne zu haun.
Und manchmal, da fragt er sich, hat denn das Sinn.
Aber bitte, die Häuser sind voll immerhin!

Noch eine Verbeugung,
Noch einmal Applaus,
Dann schließt sich der Vorhang,
Der Narr geht nach Haus.
Jedoch er verstummt nicht,
Verlasst euch darauf.
Der Narr, er kommt wieder,
Ein Narr gibt nie auf!

Die anderen treten ja auch nicht zurück,
Die Narren aus Showbusiness und Politik.
Sie laden mich weiter zu Frechheiten ein,
Mir das nehmen zu lassen – schön blöd würd' ich sein! *

Just in dem Augenblick hörte Hallervorden sein Handy klingeln. Wieder einmal vergessen, den Flugmodus anzuschalten! Polizei auch noch!

„Wie kann ich der hochgeschätzten Behörde helfen?“

Die Kommissarin erläuterte den Grund ihres Anrufes.

„Ich habe davon in der Zeitung gelesen“, sagte der Herr Hallervorden im gelben Kostüm mit den bunten Punkten.

* Musik: DP (Le Reve), Text: Wolfgang Hofer

„Germaine hat immer wieder für uns gearbeitet, ich kann nur Gutes über sie sagen. Warum jemand sie vergiftet hat, ist mir ein Rätsel. Außerdem vergiften sich am Theater höchstens die Schauspieler gegenseitig, und zwar mit Worten, das gehört seit Jahrhunderten zur Tradition."

Er konnte es nicht lassen, Pointen gehören schließlich zum Leben eines Spaßvogels.

„Moment!", jetzt war ihm doch noch eine Information eingefallen.

„Vorgestern Abend war sie seltsam fahrig und nervös, was sonst nie vorkam. Als hätte sie etwas geahnt."

„Wissen Sie sonst noch etwas über Germaine?"

„Nicht wirklich. Stylistinnen tratschen beim Schminken, aber Wesentliches kommt dabei nicht zur Sprache."

Er dachte nach.

„Ach ja, sie war wohl früher Gymnasiallehrerin gewesen, ist aber mit der neuen Generation der angehenden Akademiker nicht zurechtgekommen. Also hat sie umgeschult auf Kosmetikerin und landete so in der großen Welt von Fernsehen und Theater. Wo die Kundschaft noch schwieriger ist als auf jeder Schule. Und sie hat einen Bruder, der ein hochnobles Juweliergeschäft an der Friedrichstraße betreibt. Auf ihre Empfehlung habe ich dort die Trauringe für Christiane und mich gekauft. Aber das hat garantiert nichts mit der Vergiftung zu tun. Mehr habe ich nicht zu bieten. Außer, dass es mir leidtut, aber nicht für den Mistkerl von Ehemann, falls er es war. Viel Erfolg bei den Ermittlungen!"

Hallervorden drückte das Gespräch weg, aktivierte den Flugmodus und drehte sich um zur Band: „Sorry, Jungs, ich bin gerade polizeilich vernommen worden. Aber keine Sorge, ich bleibe auf freiem Fuß. Bitte noch einmal den zweiten Teil vom Refrain!"

Jedoch er verstummt nicht,
Verlasst euch darauf.
Der Narr, er kommt wieder,
Ein Narr gibt nie auf!

Juwelier Gerard Knoll wähnte schon eine Traumhochzeit mit einer feierlichen Verlobung vorab und wies ergriffen wie auch mit fachmännischem Stolz auf seine Vitrine mit den einschlägigen Ringen: „Meine Gratulation, Sie haben sich füreinander entschieden, wie schön, wir werden sicherlich die passenden Fesseln für die gemeinsame Zukunft finden", scherzte er.

„Kommissarin Linda Brinkmann, mein Kollege Erik Königsberg!“

Sie zeigten ihre Ausweise.

„Äh ja, womit kann ich dienen?“ Knoll war sichtlich irritiert von diesen beiden heiratsunwilligen Kriminalern.

„Der Herr Hallervorden, natürlich, ein Heiratsprofi, wenn ich es so ausdrücken darf! Die hinreißende Frau Christiane, seine dritte Gattin, charmant, charmant – eine ehemalige Stuntfrau übrigens, wussten Sie das? Wir haben gemeinsam wunderbare Ringe gefunden! Meine Schwester Germaine, in der Tat, sie hat es vermittelt. Und jetzt das! Ihr mordlustiger Gatte, dieser schleimige Schlagbohrer-Verkäufer, war übrigens kürzlich auch hier und hat Ringe bestellt. Zwei Ringe, wahrscheinlich für sich selbst und seine neueste Flamme, die Maße hatte er dabei. Soll ich sie heraussuchen?“

Das sei nicht nötig, beschied Kommissarin Kolibri, und vielen Dank, wir melden uns, falls es weitere Fragen gibt.

Eine Intensivstation kann ein heilsbringender Ort sein und ist doch furchterregend zugleich. Dem Leben gewidmet, aber von Kälte durchdrungen, in fahles Licht getaucht, vollgestopft mit abweisenden Maschinen und Bildschirmen, die stur und professionell blinken und damit eines verkünden: „Stör mich nicht, lass mich arbeiten, sonst wirst du deinen geliebten Menschen verlieren! Setz dich neben das Bett, ergreife die Hand, aber pass auf die Schläuche auf! Und wenn du sprichst, dann nur ganz leise, der Klang deiner Stimme reicht!“

Heribert von Schöningen befolgte die Anweisungen der Maschinen und sprach flüsterleise zu seiner Germaine. Zu seiner Germaine, die still und regungslos dalag, von Sensoren, Infusionen und Computerintelligenz am Leben gehalten.

„Ich hoffe, dass du mich verstehen kannst. Und dass du mich verstehen willst. Ich weiß, dass du Biologie unterrichtet hast. Natürlich kennst du dich mit Zyankali aus. Und natürlich bin ich schuld. Ich habe dich nach Strich und Faden betrogen. ‚Bis dass der Tod uns scheidet‘, habe ich dir versprochen, und jetzt könnte es wirklich so weit sein. Nie hätte ich gedacht, dass dich meine Untreue zum Äußersten treiben würde.“

Die Krankenschwester war geschäftsmäßig streng, was in einer Intensivstation unabdingbar ist: „Sie müssen jetzt hinausgehen, die Ärzte kommen gleich!“

Heribert hätte noch so viel sagen wollen. Jahrelang hatte er dafür Zeit gehabt und es versäumt, jetzt lief ihm vielleicht die Zeit davon. Er sah seine Germaine noch einmal an, dieses wachsbleiche schlafende Gesicht, den regungslosen Körper, dann ging er hinaus durch die Phalanx der weißgekleideten Ärzte, die soeben den Raum betraten, um das Leben seiner Frau zu bewahren.

Kolibri und Klops hatten mittlerweile ebenfalls von den Unterrichtsfächern der Germaine von Schöningen erfahren. Sport und Biologie. Assistent Königsberg, wie immer mit einem raschen Urteil zur Hand, war überzeugt: „Sie hat sich vergiftet. Aus Verzweiflung über den Schweinehund von Ehemann!"

„Was Frauen angeht, müssen Sie noch eine Menge lernen", konterte Kommissarin Brinkmann. „Wenn ich einen Mann hätte, der mich hemmungslos betrügt, dann würde ich mich keinesfalls umbringen. Ich würde *ihn* um die Ecke bringen! Betrogene Frauen werden zu Furien, sie wollen Rache, Strafe für den Täter, um dann als Siegerin zu überleben!"

Königsberg hatte seine Chefin noch nie so emotional gesehen. Sie schien einschlägige Erfahrung zu haben. Allerdings war nichts von einem Todesfall in ihrer näheren Umgebung bekannt. Vielleicht las sie auch nur die entsprechenden Liebesromane: „Die grausame Rache der Alpenprinzessin" oder so etwas.

Der Pommes-Stand war mittlerweile von der KTU auf Herz und Nieren gefilzt worden, kein Stäubchen Zyankali zu entdecken, alles sauber.

Die Visite in der Intensivstation war vorbei. Heribert von Schöningen durfte wieder zu seiner Frau. Er setzte sich an ihr Bett. Er sah sich um, niemand da. Es war der richtige Zeitpunkt. Heribert von Schöningen atmete tief durch, dann griff er in seine Sakkotasche. Germaine sah nicht, was er hervorholte, Germaine lag im Koma. Heribert legte das Schächtelchen neben ihre Hand.

„Ich bin sicher, sie passen", sagte er. „Ich habe sie bei deinem Bruder gekauft. Für uns, für unseren Neuanfang. Ich liebe dich!"

Dann ging er hinaus und überließ seine Frau den Maschinen, damit sie ihr Leben retten konnten.

Es war die stille Zeit zwischen Weihnachten und Neujahr. Germaine war wieder zu Hause. Germaine schrieb einen Brief. Einen Brief an Heribert. Sie wusste noch nicht, ob sie ihm den Brief jemals überlassen würde. Aber sie musste alles aufschreiben. Vielleicht würde er es erfahren, irgendwann.

Mein liebster Heribert. Ich fand es passend, unsere Beziehung genau an dem Ort zu beenden, an dem sie begonnen hatte. Und genau zur selben Zeit, zur Weihnachtszeit. Und mit genau denselben Mitteln: herzhaft gewürzte

Pommes, hinuntergespült mit Glühwein. Kulinarische Basis für eine Nacht, die ich nie vergessen werde. Dass du sie vergessen oder wenigstens verdrängen würdest bei den Vögeleien mit deinen billigen Weibern, habe ich nicht vorhergesehen. Ich habe mir vorgenommen, es zu ertragen. Aber dann habe ich an mir selbst erfahren, wie Frauen sind. Betrogene Frauen werden zu Furien, sie wollen Rache, Strafe für den Täter, um dann als Siegerin zu überleben! Aber ich war zu blöde, um zu siegen, also habe ich selbst das Gift gegessen, das ich für dich vorgesehen hatte.

Germaine sah auf ihre Hand mit dem neuen, dem zweiten Ehering und hatte ihre Tränen nicht mehr im Griff.

Der Impresario hatte eingeladen. Kommissarin Linda Brinkmann und Assistent Erik Königsberg saßen in der ersten Reihe des Berliner Schlossparktheaters und hatten einen urkomischen und gleichzeitig bissig-politischen Liederabend des Sangeskünstlers Dieter Hallervorden erlebt.

„Ich war schon alles", hatte der Herr Dieter den Ermittlern erklärt, „dummer August, Fernsehblödler, Hanswurst der Nation und ernsthafter Schauspieler. Aber eines war ich noch nie: Zeuge in einem Kriminalfall. War echt spannend, also ist ein Dankeschön fällig. Autogramm gibt's nach der Vorstellung!"

Gerade sang er seinen Abschiedssong. Im gelben Narrenkostüm mit den bunten Punkten.

Der Narr, er kommt wieder,
Ein Narr gibt nie auf!

Schlussakkord.

Applaus brandete auf, die Zuschauer erhoben sich, Standing Ovations. Königsberg, unbeeindruckt von der Größe des Augenblicks, beugte sich zu Kommissarin Kolibri und flüsterte aufgeregt: „Ich hab's! Germaine von Schöningen hat es getan. Sie wollte ihren Mann vergiften, aber dann sind ihr die Pommes runtergefallen, und sie hat die beiden Tüten verwechselt. Also hat sie ihr eigenes Gift geschluckt!"

Der Applaus fand kein Ende, und Kommissarin Kolibri nahm sich ihren Assistenten vor: „Endlich haben auch Sie die Wahrheit begriffen! Beweise allerdings Fehlanzeige. Und weil wir gerade dabei sind: Wollen Sie in meinem Team bleiben, Sie Schlauberger?"

„Natürlich."

„Dann halten Sie gefälligst die Klappe – für heute und für immer! Der Fall kommt als ungelöst zu den Akten."

Ein rätselhafter Kumpel

Et muss solange jut jehn, bisset bessa wird.
Auszug aus dem „Berliner Grundgesetz" (Urheber unbekannt)

Der Junge ist in meiner Obhut.
Es geht ihm prima.
Heiligabend ist er zurück.
Der Weihnachtsmann.

In den hippen Berliner Kiezen schießen sie Pilzen gleich aus dem Boden und tragen Namen wie *Krümelkiste, Happy Kids* oder *Lu le lu*. Diese Eltern-Kind-Cafés bieten den Cappuccino mit Mandelmilch für die perfekte Mama ebenso wie die Bio-Kräuterlimo für den kleinen Sören, dazu einen Indoor-Sandkasten, ein Bälle-Bad wie bei Ikea, eine Kletterwand, monstergroße Legosteine und ein Puppenhaus für Lina-Maria.

Das neu eröffnete *Sahneklecks* offerierte sogar übergroße Parkplätze für die SUVs mit den veganen Sitzbezügen, in denen die Gäste erschienen. Man kennt sein Publikum und hofiert es.

Der Weihnachtsmann kam weder im SUV noch im Cola-Truck, sondern ganz traditionell zu Fuß. Er trug den üblichen roten Mantel mit dem üblichen weißen Besatz, den ebenso üblichen Bart und einen Jutesack mit Süßigkeiten über der Schulter. Damit passte er so gar nicht zu diesem sonnigen Wintertag, der ohne jedes Flöckchen Schnee auskommen musste. Grund genug für Sören und den Rest der Rasselbande, die Outdoor-Vergnügungen im Hinterhof des Cafés in Anspruch zu nehmen. Die Wippe, das kleine Spielplatz-Karussell, die Rutsche. Alles unter viel Geschrei und Gekreische, denn nichts ist Kindern so wesensfremd wie Stille. So hatten die Eltern es gut, das Gelärme des Nachwuchses blieb draußen vor den Fenstern, aber sie hatten alles im Auge. Oder hätten es wenigstens haben können. Sie hatten es aber nicht, denn als Doro ihren nächsten Kontrollblick schweifen ließ, war Sören nicht mehr da.

Das Geschrei war verstummt.

„Der Weihnachtsmann hat ihn mitgenommen", erklärte Lina-Maria, deren Mutter die 500 Meter zum *Sahneklecks* nicht mit dem SUV gefahren war, sondern mit dem 7.000 Euro teuren Elektro-Cargo-Bike samt überdachtem Kindersitz.

„Ich wollte auch mitkommen, aber ich habe nicht gedurfen", ergänzte Lina-Maria erbost, „nur ein Bonbon habe ich gekriegt."

„Jeder hat ein Bonbon gekriegt", bestätigte der Junge mit der Brille, der Elton hieß.

„Wo ist der Weihnachtsmann mit Sören hingegangen?"

„Da vorne um die Ecke, ich habe es genau gesehen!"

„Ich auch!"

„Wir alle haben es gesehen!"

Das half allerdings wenig, denn vorne um die Ecke ging es zur Straße, aber als der Eltern-Pulk dort ankam, war weder von Sören etwas zu sehen noch von einem Mann im roten Mantel.

Doro wählte mit bebenden Fingern die Handynummer ihres Mannes. Der Ruf wurde abgewiesen, eine automatische Nachricht ploppte auf: „Bin in einer Sitzung, melde mich." Doro versuchte es so lange, bis Ulf dranging.

„Ich habe Sitzung, kannst du nicht lesen?"

„Sören ist verschwunden! Vom Spielplatz des Cafés, ein Weihnachtsmann hat ihn mitgenommen!"

„Verdammt noch mal! Kannst du nicht aufpassen? Nein, du kannst es nicht, sonst wäre der Junge ja nicht weg! Ruf sofort die Polizei, die 110, ich muss zurück ins Meeting!"

Doro zitterte vor Angst und vor Wut auf ihren Mann und wählte den Notruf der Polizei.

Der Wohnwagen am Rande der Kiesgrube sah aus wie der Weihnachtsmann. Ein VW-Bulli der ersten Generation in klassischer rot-weißer Farbgebung. Baujahr 1952, Symbol des Wirtschaftswunders. Später, ab den 60er-Jahren, wurden bunt bemalte Exemplare zu rollenden Wahrzeichen der Hippie-Bewegung.

Sören war begeistert: „Da drin wohnst du?"

„Ja", grinste der Weihnachtsmann, der inzwischen seinen Bart abgenommen hatte. „Eine Schlittenkutsche ist einfach nicht mehr zeitgemäß. Die Rentiere am Himmel gibt es ja auch nicht wirklich, wie du bestimmt weißt. Also habe ich einem Kumpel die alte Karre abgeschwätzt und sie auf Vordermann gebracht."

„Cool, darf ich reinschauen?"
„Klar, kannst sogar ein paar Tage hier pennen, wenn du magst."

Jockel Pfleiderer vertrat mit Hingabe die verschwindend geringe Menge des Schwabenvolkes im Berliner Exil, außerdem vertrat er die Gerechtigkeit als Angehöriger des LKA 1, das für Delikte am Menschen zuständig ist, also auch für Vermisstenfälle.

Eltern-Kind-Cafés waren ihm nicht vertraut, in seiner Heimat im Dunstkreis von Neckar und Tauber hieß so etwas Boiz oder Biergarda. Also Wirtshaus oder Biergarten. Ein Helles für den Papa, ein Trollinger für die Mama, und die Kids tobten sich aus, spielten Fangerles zwischen den massiven Tischen, optimierten ihre Fähigkeiten im Kirschkernweitspucken oder ärgerten das Service-Personal.

„Der Weihnachtsmann hat also Ihren Sohn Sören mitgenommen?"

Der Name Sören war Pfleiderer ebenso unvertraut, aber er war nun mal im Feindesland unter lauter Preußen. Hier hieß keiner bodenständig Jockel, so wie er, sondern höchstens ganz strengdeutsch Jakob. Und sie hatten das Christkind durch den Weihnachtsmann ersetzt. Selbst schuld, jetzt war der Sören abgängig und ein Fall für das LKA 1. Das wäre mit dem Christkendle nie passiert!

Das Ergebnis der Befragung war niederschmetternd. Die Kids ergingen sich in allgemeingültigen Beschreibungen des Weihnachtsmannes und fällten die unterschiedlichsten Urteile über den alten Zausel.

„Er hat einen weißen Bart gehabt!"
„Rote Sneakers, total cool!"
„Weihnachtsmann ist sowieso blöd. Voll Baby!"
„Den gibt es doch gar nicht in echt!"
„Ich wollte auch mit, ich hab aber nicht gedurfen!"

Die Befragung der Mütter war ebenso ein Schlag ins Wasser. In ein sehr teures Wasser. Denn das *Sahneklecks* reichte nur angeblich belebtes Wasser, welches mit einem „Wasserenergetisierer" esoterisch optimiert worden war und zu astronomischen Preisen angeboten wurde.

Die Frauen Mütter waren einhellig der Ansicht, das alles Sache der Polizei sei, sie selbst müssten gar nichts wissen, wozu zahlte der Göttergatte schließlich Steuern? Und warum passte die Polizei nicht besser auf? Ihre Kids waren schließlich die Zukunft Deutschlands, aber keine Beamten weit und breit, die auf den wertvollen Nachwuchs ein Auge hatten.

Jockel Pfleiderer streckte vor so viel Bürgersinn die Waffen, versprach, den verschwundenen Sechsjährigen zurückzubringen, und stieg in seinen Opel Astra, der neben den wohlgenährten SUVs wie ein abgemagertes Stiefkind wirkte. Die Karre hatte gerade elften Geburtstag gefeiert. Die Steuern der Göttergatten waren wohl in andere Projekte geflossen.

Ulf hatte Doro damals am Bahnhof Zoo aufgesammelt.

Das Verschwinden seines Sohnes hatte in dem erfolgreichen Unternehmer gerade die Vergangenheit heraufbeschworen. Ulf erinnerte sich, als wäre es heute gewesen. Doro hatte neben ihren wenigen Habseligkeiten auf dem kalten Asphalt gesessen und kleine selbstgemachte Wollpüppchen verkauft. Eine Obdachlose, die kämpfte. Eine Obdachlose mit einem hinreißend liebenswerten Gesichtsausdruck. Mit tiefblauen Augen, tiefblau wie ein verzauberter See mitten im Wald. In Ulf brannte es wie Feuer. Er hatte das Gefühl, in den Himmel geschaut zu haben, und er sagte: „Komm mit! Lass deine Klamotten einfach liegen, pack nur die Puppen ein. Und dann komm mit!"

Neun Monate später wurde Sören geboren.

Es war schon fast dunkel, der kürzeste Tag des Jahres, der mit der längsten Nacht, war nicht mehr fern. Sie hatten ein Lagerfeuer gemacht. Mitten im Winter am Rand der Kiesgrube. Sie hatten Würstchen von Lidl auf dünne Äste gespießt und in die Hitze gehalten. Die Dinger schmeckten großartig, ganz ohne Senf und Ketchup.

Sören und der Weihnachtsmann aßen schweigend, dann fragte der Junge: „Warum hast du mich mitgenommen?"

„Weil ich mir einen Sohn gewünscht habe, wenigstens für ein paar Tage. Der Weihnachtsmann ist ja ein Einsiedler, er hat keine Familie. Oder hast du je von einer Weihnachtsfrau gehört? Von einem Weihnachtsonkel oder gar von Weihnachtskindern? Hast du nicht, stimmt's? Also wünsche ich mir seit ewigen Zeiten schon einen Sohn. Wenigstens für ein paar Tage."

Die Würstchen waren aufgefuttert, der Weihnachtsmann trat die Glut aus.

„Warst du schon mal auf einem Schrottplatz?"

„War ich nicht. Ich soll mich nicht dreckig machen", sagen meine Eltern.

„Deine Eltern, aha."

Der Weihnachtsmann atmete tief ein und sprach dann weiter.

„Mein Auto kommt von einem Schrottplatz, der meinem Kumpel gehört. Jeden Advent treffen sich dort ziemlich coole Autofreaks und veranstalten ein Weihnachtskonzert. Ein sehr rockiges und lautes Weihnachtskonzert. Ich spiele E-Gitarre. Das Fest beginnt in zwei Stunden. Also Abflug, wir müssen los!“

Für Doro war ein Traum in Erfüllung gegangen damals am Bahnhof Zoo, am Hotspot des Elends. Sie war aus der Verdammnis der Straße in die Arme eines begehrenswerten Mannes katapultiert worden und in ein sündhaft teures Appartement mit exklusivem Ambiente gleich dazu. Marmor-Badewanne statt der Gemeinschaftsduschen im Obdachlosenhaus, Daunenfederbetten statt alter Zeitungen und kratziger, fleckiger Zudecken. Ein Paradies!

Ulf hatte sich ihrer Püppchen angenommen und die Marke „Doro Dolls“ gegründet. Die Wollpüppchen waren der Renner schlechthin, auch als Merchandising-Produkt. Doro Dolls auf Trinkflaschen, Doro-Doll-Zahnbürsten, pinkfarbene Doro-Doll-Stiefelchen mit blinkenden Absatzen, Doro-Doll-Schminkserien mit ganz viel Glitzer und jede Menge sinnloses Zeugs mehr.

Von der Ehe allerdings war der Glitzer bald ab. Sie hatten als glückliches Paar begonnen, waren zum Erfolgspaar geworden und schließlich zum Vorzeigepaar in den gesellschaftlichen Olymp aufgestiegen. Hochglanz pur, Neidfaktor 100 Prozent. Doch statt einander anzulächeln, lächelten sie nur noch in die Kameras.

Dem ehrenwerten Kommissar Jockel Pfleiderer blieb nur noch das Fluchen: „Greizdonnrweddr, heidabimmbamm abr au!“

Wie findet man im winterlichen Großstadtdschungel von Berlin einen Weihnachtsmann, den es eigentlich gar nicht gibt? Mit todsicher zielführenden Angaben wie weißer Bart oder rote Sneakers? Anfragen in Lokalradios und der Presse hatten weder Hinweise noch Augenzeugen zutage gefördert, Kommissar Zufall war wohl längst im Weihnachtsurlaub.

Nein, war er doch nicht! Just nach Pfleiderers Fluch-Orgie kam eine Meldung herein, dass ein rätselhafter Weihnachtsmann in einem rot-weißen VW-Bulli gesichtet worden war. Er hatte wohl hinter einem verfallenen Kiosk an einem See im Norden Berlins gecampt, war aber vor wenigen Tagen verschwunden. Genauere Angaben wie das Kennzeichen des Autos Fehlanzeige.

Immerhin! Der Kommissar setzte mit schwäbischer Gründlichkeit alle Hebel in Bewegung, um das Gefahrt und seinen Besitzer dingfest zu machen. Getreu dem dem Motto: Jetzt aber los! In Pfleiderers Heimatsprech: „Jeddz abbr schnell mit dr Kaddz durch da Bach!“

Die Band bestand aus fünf Leuten: Am Schlagzeug Rambo, ein ehemaliger Hells Angel, am Bass Trucker Erwin. Das Keyboard bediente Edith, Erwins über und über tätowierte, wasserstoffblonde Ehefrau, gegen deren Stimmgewalt Dolly Parton ein Chormädchen war. Josch, der Chef des Schrottplatzes, ließ die Rhythmus-Gitarre grooven, als wäre er Keith Richards persönlich, Leadgitarrist war der Weihnachtsmann.

Die wenigen Scheinwerfer, die der Autofriedhof zu bieten hatte, leuchteten festlich durch bunte Folien, und an einigen Rostkarren blinkten mit der letzten Kraft der Batterien die Warnlichter. Mit anderen Worten: Weihnachten pur.

Sören kannte nur meterhohe Blaufichten mit vielfarbigen stromsparenden LEDs und fand die schrottreife Alternative total cool. Außerdem gab es Limo aus der Dose und nicht – wie zu Hause – aus dem Highball-Glas vom Nobelhersteller Riedel: „Pass auf Sören, das war teuer!“

Der Gipfel waren die Chips aus Kartoffeln und aus einer raschelnden Tüte. Geil! Kein Vergleich zu den faden Linsenchips aus dem Designer-Naturladen, serviert im Bambuskörbchen. Mit Bio-Avocado-Dip, bäh!

Außerdem klangen die Songs megastark. „Stille Nacht“ wurde in der Schrott-Rock-Version zur „Lauten Nacht“, was Sören nur konsequent fand. Er hatte noch nie verstanden, warum die Menschen die Geburt von einem Supermann, der die Welt retten würde, mit verweichlichten Liedern feierten. Dabei sollten sie vor Freude die Sau rauslassen!

Das rockige Weihnachtskonzert war zu Ende, aber Sören hatte noch etwas auf dem Herzen. Vorsichtig näherte er sich der rot-weißen Gitarre, die an einem verbeulten Kotflügel lehnte: „Darf ich mal?“

„Aber logo!“

Wow, die Saiten waren ganz schön straff gespannt, der Junge konnte kaum einen Ton herauslocken.

„Der Verstärker ist aus, E-Gitarren brauche einen Verstärker, sonst hört man nichts“, erklärte der Weihnachtsmann. „Ich könnte dir Unterricht geben, im Probenraum gleich hinter dem Reifenlager. Magst du?“

„Das erlauben meine Eltern ganz bestimmt nicht.“

„Abwarten, der Weihnachtsmann hat so seine Tricks!“

Sören selbst hätte es schon mega gefunden, er als elektrischer Gitarrist, wow! Zumal der Tag aus Sicht eines Sechsjährigen ohnehin bereits super gelaufen war. Schließlich war es schon speziell, vom Weihnachtsmann verschleppt worden zu sein, und der Typ hatte auch noch Sachen drauf, da waren Mama und Papa meilenweit weg davon. Kunststück, die wussten eh nicht, wie cooles Leben geht. Ob die sich überhaupt noch lieb hatten?

Die BMW R 18 Roctane, eine rebellische Cruiser-Maschine in der magisch düsteren Farbgebung *Blackstorm metallic*, rollte langsam auf das Appartementhaus zu. Der Fahrer, ebenfalls ganz in Schwarz, Leder natürlich, bockte seinen Feuerstuhl mit laufendem Motor auf, ging zu den Briefkästen, checkte die Namen und versenkte schließlich einen Zettel. Zur Sicherheit klatschte er noch einmal kräftig auf den makellos polierten Edelstahlkasten. Dann marschierte er zurück zu seinem Gefährt mit dem charakteristischen weiß-blauen Propeller auf dem Tank. Der 1,8-Liter-Motor blubberte satt und zufrieden, als der Biker davonrollte. Niemand hatte ihm Aufmerksamkeit geschenkt, war auch besser so.

Noch am selben Tag bekam Pfleiderer den Zettel auf den Tisch.

Der Junge ist in meiner Obhut.
Es geht ihm prima.
Heiligabend ist er zurück.
Der Weihnachtsmann.

Die KTU hatte auf dem Blatt keine verwertbaren Spuren gefunden. Dem Kommissar war die ganze Geschichte ein Rätsel. Es gab keine Lösegeldforderung, keine Drohungen, stattdessen wurde eine freiwillige Rückgabe des entführten Kindes angekündigt, was war das denn für eine Nummer?

Die meterhohe Blaufichte leuchtete wie jedes Jahr aus Hunderten stromsparenden LEDs. Auf dem Großbildschirm lief lautlos eine Fotoshow mit weihnachtlichen Motiven. Die nagelneue Kristall-bestückte Swarowski-Schale auf dem überdimensionalen Couchtisch war vollgepackt mit Nüssen und Clementinen: „Pass auf, Sören, das Teil war teuer!"

Die Bescherung war vorüber, der Junge hatte alle Geschenkpakete in sein Zimmer geschleppt, auch die CD mit den rockigen Weihnachtsliedern, die in einem rot-weißen Päckchen unter dem Baum gelegen hatte. Jetzt dröhnten die Songs lautstark durch die Wände.

„Wir sollten die Anzeige zurückziehen."

Ulf hatte einen Cognac-Schwenker in der Hand und war auf seltsame Weise verändert. Nicht mehr so geschäftsmäßig abweisend, sondern sensibel. Ja, er wirkte sogar verletzlich.

„Sörens Entführung hat mir einen derartigen Schrecken eingejagt, ich kann es dir gar nicht beschreiben. Der Gedanke daran, meinen, nein, unseren Jungen nie wiederzusehen, hat mich schier verrückt gemacht!"

„Mich auch", sagte Doro und griff nach dem zweiten Cognac-Schwenker.

„Überhaupt eine sehr seltsame Geschichte", sinnierte Ulf. „Irgendwer entführt unseren Jungen, will aber kein Lösegeld und bringt ihn nach drei Tagen wieder zurück. Sören ist überhaupt nicht verstört, sondern er wirkt glücklich. Dauernd erzählt er, dass er jetzt einen Kumpel hat. Wie sollen wir das verstehen?"

„Vielleicht müssen wir nicht alles verstehen, vielleicht sollten wir uns einfach freuen, dass alles gut ausgegangen ist."

Doro fasste nach Ulfs Hand: „Und jetzt setz dich zu mir und nimm mich in die Arme!"

Drei Tage zuvor:

Sören hatte eine komplett unbiologische Tüte Kartoffelchips mit Paprika bekommen und schaufelte die bösen, feuerrot gefärbten Scheibchen lustvoll in sich hinein. Der Weihnachtsmann hatte eben noch nie einen Naturladen von innen gesehen, was Sören als wunderbare Fügung betrachtete.

Während der Junge mit vollem Mund den Tauben am Bahnhof Zoo hinterherjagte, standen Doro und der Weihnachtsmann am Imbiss und langten zu. Ebenfalls unbiologisch. Klassische Currywurst wie damals vor fast sieben Jahren. Falls Doro wieder einmal Glück gehabt hatte mit dem Verkauf der kleinen bunten Wollpüppchen.

„Du hast es gewusst?", fragte sie.

„Ja, ich habe es gewusst, als Vater spürt man so etwas! Ich wollte aber ganz sichergehen, deswegen habe ich den Jungen mitgenommen."

Der Weihnachtsmann war übrigens heute in Zivil. Viel zu viel Polizei in der Gegend, Brennpunkt eben.

„Es war der 22. Dezember, genau wie heute." Doros Blick schaute versonnen zurück ins Gestern. „Ich weiß noch ganz genau, wie wir miteinander geschlafen haben unter unseren vergammelten Decken."

Sie lächelte still.

„Am nächsten Tag ist er der feine Pinkel gekommen und hat dich einfach geklaut. Und jetzt ist er der Papa von meinem Sohn."

„Das soll auch so bleiben."

„Liebst du ihn noch, den feinen Pinkel?"

„Wir haben uns wieder angenähert."

Sören kam angedüst und vergaß vor lauter Erstaunen, Chips nachzuladen.

„Du kennst den Weihnachtsmann?", fragte er Doro ungläubig.

„Ja, er ist ein Kumpel von früher."

„Jetzt ist er auch *mein* Kumpel!", stellte Sören zufrieden fest und hielt dem Weihnachtsmann seine Chipstüte hin. „Dafür kriege ich was von der Wurst!"

Der Weihnachtsmann spießte das größte Stück von seinem Pappteller auf und steckte es dem Jungen liebevoll in den Mund.

„Lass es dir schmecken, Junior!"

Die Polizei war letztlich doch erfolgreich gewesen. Am rot-weißen Bulli prangte ein Strafzettel über 53,50 Euro wegen Falschparkens im absoluten Halteverbot.

Herzschlag

Lärm macht nüscht Jutet, Jutet macht keen Lärm.
Berlinisch nach Vincent de Paul (französischer Priester, Gründer der Caritas, 1581–1660)

In der ersten deutschen Version des Zockerspieles *Monopoly* war nicht die Schlossstraße in Charlottenburg die teuerste Straße Berlins, sondern die Inselstraße auf Schwanenwerder. Wobei der Begriff „Werder" eine Erhebung in einem Gewässer bezeichnet.

Schwanenwerder, das zu Anfang der Besiedelung noch ganz profan Sandwerder geheißen hatte, wurde zu einem Paradies, in dem es anspruchsvoll zugeht. Das exklusive Inselchen im Bezirk Steglitz-Zehlendorf, früher gerne neidvoll Bonzenwerder genannt, ist gerade dreimal so groß wie die Fußgängerzone am Alexanderplatz, liegt im Havelfluss am Ausgang des Großen Wannsees und gehört auch heute noch zu den vornehmsten Adressen in der Hauptstadt. Es gibt keine Namen an den Klingelschildern, der Briefträger braucht keine, er kennt seine Klientel, alle Zugänge zu den Ufern sind Privatbesitz. Keine Chance für Störenfriede also, hier will man seine Ruhe haben.

Die hatte Bernhard Kopp aber nicht gehabt, weswegen er jetzt die *ewige* Ruhe hat.

Jeder Fernsehzuschauer kennt die Werbespots mit dem sprechenden Kakadu, in denen Fabrikant Kopp jahrelang die Damenstrümpfe und Herrensocken aus seinem erfolgreichen Familienbetrieb beworben hatte. Der verschmitzte weiße Vogel mit der gelben Irokesenfrisur war das Maskottchen der *Kakadu-Collection* und gleichzeitig ihr Marktschreier. Sein Werbeslogan: „Qualität made in Berlin – krall sie dir!"

Nun hatte das Herrchen den Betrieb an Sohn und Schwiegertochter übergeben und schickte sich an, sein erstes Weihnachtsfest als Privatier zu feiern. In der historischen Villa auf Schwanenwerder. Alles vom Größten und Feinsten. Die edle Nobilistanne im Salon stolze drei Meter hoch,

Hunderte LEDs illuminierten Baum und Raum, der überschaubare Familienclan war versammelt plus Privatsekretärin, Haushälterin, Hausmeister und dem Butler, der auch als Chauffeur für die Maybach-Limousine fungierte. „Meine Herde", wie Kopp zu sagen pflegte. Mit ihm zusammen ein Haushalt von sieben Personen, die alle auf dem Anwesen lebten. Ausgenommen die Sekretärin, die jeden Tag mit ihrem himmelblauen Smart zum Dienst erschien wie eine ganz normale Sekretärin. Die Weihnachtsfeier war auch Dienst, also war sie da.

Nur Madeleine, Kopps Ehefrau, war nicht mehr da. Er hatte sie in der Pandemie an das Corona-Virus verloren. Seitdem litt er nicht nur *im* Herzen, sondern auch *am* Herzen. Nach außen genoss er weiterhin seinen Wohlstand, aber im Inneren, da fror er, weil ihm die Wärme der Liebe fehlte, die ihn umgab, seit er Madeleine in den achtziger Jahren in einer Disco kennengelernt hatte. Sie hatten zu *Midnight Lady* von Chris Norman getanzt, und das war ihr Song geblieben. Bei der Beisetzung hatte ein Streichquintett das Lied gespielt, und Bernhard Kopp musste von seinen Kindern gestützt werden, um nicht zusammenzubrechen.

Das Weihnachtsritual in der Familienvilla war seit Jahren streng reglementiert, es begann wie immer mit Klängen aus den goldfarbenen Design-Lautsprechern des dänischen Premiumherstellers Bang & Olufsen. „Stille Nacht" natürlich, was sonst?

Als der Gesang von Jonas Kaufmann feierlich ausklang, herrschte sekundenlang ergriffene Stille, dann gab es einen ohrenbetäubenden Donnerschlag. Kopp griff sich an die Brust und knallte wie ein Stein zu Boden.

Kommissarin Beatrix Krombacher stand kurz vor der Rente und war Mitglied bei den *Weight Watchers*. Eine weithin bekannte Aktiengesellschaft zum Abnehmen, die pikanterweise 21 Jahre lang zum Ketchup-Hersteller *Heinz* gehört hatte. Aber das war Beatrix Krombacher egal, genauso wie die meisten Vorschriften und Punktelisten, nach denen sie ihre Ernährung zusammenstellen sollte. Also blieb es bei Kleidergröße XXL. Sie nahm es gelassen hin. Ihre ebenfalls übergewichtige Pudeldame mit dem niedlichen Namen *Kügelchen* tat desgleichen. Nomen est omen.

Kügelchen musste erst einmal ihre Markierungen in den Schwanenwerder'schen Gefilden anbringen und wurde anschließend wieder in den Kombi verfrachtet, weil sie sich lieber ihren Kauknochen widmete als rätselhaft verstorbenen Sockenfabrikanten.

Der Notarzt hatte die Geschichte mit dem Donnerschlag bereits erfahren und gab seine Weisheit wichtigtuerisch an die ganz in Grün gekleidete Kommissarin weiter.

„Herzschwäche. Die entsprechenden Tabletten haben mir die Angehörigen schon gezeigt. Dazu ein immens lauter Knall, das reicht locker für einen Abgang."

Nach einem kurzen Blick auf die Hinterbliebenen korrigierte sich der Doc.

„Äh, für ein Ableben."

Der obergescheite Arzt wusste noch mehr.

„Der Knall ist bestimmt über die Musikanlage gekommen, da wette ich drauf."

Frau Krombacher hatte weder Lust aufs Wetten noch auf medizinische Schlauberger und setzte den Doc mit ironischem Dank an die Luft.

„Ein beachtenswerter Hinweis, unsere Techniker werden sich darum kümmern."

Kügelchen kläffte wütend dem Arzt hinterher, als der zu seinem Auto ging. Sie wäre auch gerne heimgefahren, denn da gab es Leckerli anstatt kalorienreduzierter Knochen aus dem Fressnapf-Tierfutter-Supermarkt. Kügelchen stellte ein weiteres Mal fest, dass Dienstreisen kulinarisch absolut nicht der Bringer waren.

„Der Stick mit dem Weihnachtslied", verkündete Stießel, der Häuptling der KTU, falls man Häuptling heute überhaupt noch sagen darf. Ich werde die Grünen fragen müssen. Stießel war ebenfalls im XXL-Format, pfiff aber auf die *Weight Watchers* und hatte unter dem heimischen Tannenbaum ein beziehungsreiches Geschenk seiner Frau vorgefunden, einen riesigen Karton mit Eiweißshakes in allen möglichen und unmöglichen Geschmacksrichtungen, auch Formula-Diät genannt. Diese Shakes versprachen wahre Wunder: Proteine ohne Ende, Gewichtsreduktion mit gleichzeitigem Muskelaufbau, problemlose Zubereitung, gesteigertes und längeres Sättigungsgefühl. Allerdings stand Stießel mehr auf gesteigertes Fressgefühl.

„Hören Sie gerne mal rein in den Stick, ob am Ende der Knall drauf ist, wie der allwissende Doc behauptet. Der Speicher war übrigens makellos sauber, als wir ihn sichergestellt haben. Fingerabdrücke weggewischt, das ganze Teil sorgfältig poliert."

Die XXL-Kommissarin steckte den kleinen Datentresor an ihrem Smartphone an und schob den Wiedergabe-Balken bis fast ans Ende.

Ihre Earbuds, also diese komischen Lautsprecher-Bohnen, die man sich in die Ohren steckt, waren natürlich auch grün wie alles, was Frau Krombacher am Leib trug. Die winzigen Kopfhörerchen hatten einen Sound zum Umfallen, obwohl Earbuds eigentlich ganz harmlos mit „Ohrenknospen“ zu übersetzen sind. Als die „Stille Nacht“ verklungen war, kam erst einmal nichts – einundzwanzig, zweiundzwanzig, dreiundzwanzig – und dann aus heiterem Himmel ein derartig mörderischer Wumms, dass die Ermittlerin fast dem Sockenfabrikanten ins Nirwana gefolgt wäre.

Die Methode lag also klar auf der Hand beziehungsweise im Ohr. Aber sie schleppte essenzielle Fragen hinter sich her: Wer hatte den Knall auf den Stick gespielt? Wer hatte von der Herzerkrankung des wohlhabenden Ruheständlers gewusst? Wer hatte einen Grund gehabt, ihn akustisch ins Jenseits zu befördern? Wer war es gewesen? Höchstwahrscheinlich jemand aus der sechsköpfigen Herde, aber wer?

Kommissarin Beatrix Krombacher beschloss, die Suche nach den Antworten am nächsten Tag zu beginnen. Schließlich war es schon spät, außerdem war Heiligabend, und bestimmt wartete Kügelchen schon sehnsüchtig im Auto.

Weihnachtstag, 25. Dezember. Zum Frühstück gab es Huhn und Lachs. Premium-Nassfutter der Marke *Meati* mit Huhn samt Kartoffeln, selbstredend getreide- und glutenfrei, außerdem sensitiv. Was auch immer ein sensitives Hundefutter sein möge. Kügelchen war es gleichgültig, für sie zählte allein der Vorgang des Fressens. Wie bei KTU-Häuptling Stießel.

Frauchen hatte schottischen Räucherlachs mit Ei und Gurkenscheiben auf Roggentoast. Im Sinne der *Weight Watchers* punktemäßig absolute Spitze. Dazu Kaffee aus der unökologischen Kapselmaschine, die aber eine grandios sahnige Crema zauberte. Und selbstverständlich wurden die Aluminiumkapseln vorbildlich in den gelben Sack entsorgt.

Alles super also bis auf den anschließenden Termin beim Forensiker. Unsensitiver Sezierraum, alles kalter Edelstahl, säuberlich verstaute Leichen und Dr. Ronald Hebestreit in seinem blassgrünen Arztkittel.

„Herzstillstand“, erklärte er sachlich, „die Pumpe war schon ziemlich hinüber, da kann ein Lärmschock durchaus gereicht haben.“ Grinsend fuhr er fort: „In einem dänischen Zoo ist vor Jahren mal eine afrikanische Waldgiraffe nach einem Lärmschock umgekippt. Das kam sogar in der Tagesschau. Schuld war Richard Wagners *Tannhäuser*. Warum der allerdings in einem Zoo abgespielt wurde, ist nicht überliefert.“

Der Humor von Gerichtsmedizinern entspricht offensichtlich ihrem Berufsbild.

Die Herde der Kopp-Familie nahm zur selben Zeit am Feiertagsgottesdienst in der Kaiser-Wilhelm-Gedächtniskirche am Breitscheidplatz teil. Im Gedenken an Kaiser Wilhelm I. errichtet, war die einst höchste Kirche Berlins im Zweiten Weltkrieg schwer zerbombt worden, heute stehen nur noch eine Turmruine und nebenan ein vierteiliger Neubau mit vielen Glasziegeln, die nachts tiefblau leuchten. Das moderne neue Kirchenschiff wurde wegen seiner achteckigen Form von den Berlinern umgehend „Halleluja-Gasometer" getauft, allerdings ist der Ulkname bedauerlicherweise in Vergessenheit geraten.

Geparkt hatte man wenige Meter weiter im Europacenter, wo die Küchencrew des Palace-Hotels das berühmte Gans-to-go-Menü in den Kofferraum des Maybachs lud, während in Gottes Gasometer die Messe gelesen wurde. Messe und Gans gehörten ebenfalls zum festen Weihnachtsritual der Kopps, daran konnte selbst ein Todesfall nichts ändern.

Pünktlich zum Espresso mit Cognac erschien Kommissarin Krombacher in der Villa und erklärte, dass an Feiertagen manche Regelungen nicht gelten, also wäre sie durchaus einverstanden, ebenfalls mit Kaffee und einem Drei-Sterne-Branntwein verwöhnt zu werden. XXO selbstverständlich, Extra Extra Old, 14 Jahre im Eichenfass gereift, wenn schon, denn schon.

Sohn Bodo übernahm die Vorstellung der Anwesenden. Er leitete die Firma zusammen mit seiner griechischen Ehefrau Despina. Die gelernte Schneiderin hatte sich von der Hilfskraft in der Musterei, also der Entwicklungsabteilung, bis zur Design-Chefin hochgearbeitet, Bodo verliebte sich, allerdings nicht wegen der Sockenkreationen, sondern wegen der dunklen Augen und der griechischen Art, wie Despina das „s" aussprach. Unglaublich sensitiv.

Frau Kriminal-Krombacher nahm sich vor, die Juniorchefs im Auge zu behalten und überprüfen zu lassen, wie die Firma dastand. Vielleicht gab es ja Finanzbedarf, und der alte Kopp hatte irgendwo noch ein Depot, das man flüssig machen konnte, sobald der Senior totgemacht war.

Bodo kam zu den Breidenbachs, zu Lotte und Horst. Die Haushälterin und der Hausmeister. Madeleine Kopp hatte beide aus einem kirchlichen Resozialisierungsheim herausgeholt. Die zwei erwiesen sich als absolut vertrauenswürdig, hielten Haus und Garten perfekt in Schuss, heirateten schließlich und gehörten zwar nicht zur Familie, aber hundertprozentig zur Herde.

Lotte und Horst zu verdächtigen, wäre natürlich das pure Klischee, darüber war sich die Kommissarin klar. Allerdings weiß man ja nie.

Der elegante Butler Lembke hatte tatsächlich eine einschlägige Ausbildung absolviert, war in diversen Sprachen unterwegs und erwies sich bei Diner-Abenden mit ausländischen Kunden als unentbehrlich. Zudem hatte er noch nie auch nur die kleinste Beule in den 210.000 Euro teuren Maybach gefahren, geschweige denn ein Knöllchen wegen Geschwindigkeitsüberschreitung kassiert.

„Fast zu perfekt, der Mann", dachte Kommissarin Krombacher misstrauisch, „vielleicht ein Gentleman-Gauner? Aber warum sollte er den alten Herrn umbringen? War er eventuell im Testament bedacht und brauchte dringend die Kohle?"

Blieb noch Privatsekretärin Isolde von Beilstein, eigentlich eine Baronin, was aber nichts nützt, wenn die Vorfahren das ganze schöne adelige Geld verjubelt haben. Es war ein offenes Geheimnis, dass Butler Lembke neben seinem kleinen Appartement in der Villa noch einen Zweitwohnsitz im kuscheligen Domizil der Baronin hatte.

„Eine plausible Lösung", fand Beatrix Krombacher und nahm gerne noch einen zweiten Cognac, „die verarmte Rest-Adelige und der weltgewandte Butler. In einem Film würden sie das perfekte Ganovenpärchen ergeben."

Nur dummerweise war das hier kein Film, sondern knallharte Realität.

Klärungsbedarf gab es noch wegen des Sticks. Das Rätsel war allerdings schnell gelöst. Sämtliche Weihnachtsutensilien waren das Jahr über in einer der schreinergefertigten Hochglanz-Vitrinen verstaut. Die mundgeblasenen Kugeln aus dem Erzgebirge, die kilometerlangen Lichterketten und eben auch der Stick mit dem Gesang von Jonas Kaufmann. Jeder konnte da dran, also eine Sackgasse.

Das MacBook Pro des Opfers im Wert von 8.500 Euro hatten die Kriminaltechniker bereits an Heiligabend beschlagnahmt, dazu eine Menge externer Festplatten und andere Datenspeicher.

Als die Zeitschaltuhr den Christbaum in strahlendes Lichtergefunkel tauchte, verabschiedete sich die Kommissarin und fuhr zurück von der verschneiten Märcheninsel in den dreckig-grauen Matsch der Großstadt

Vorsichtshalber platzierte sie das mobile Blaulicht auf dem Dach des Kombis, ließ es aber ausgeschaltet. So würde kein Kollege auf Streife sie anhalten und eventuell den 14 Jahre im Eichenfass gereiften Drei-Sterne-Weinbrand erschnuppern.

Zwei Tage später, am 27. Dezember, war der erste Arbeitstag nach der weihnachtlichen Faulheit. Der Computer brachte tatsächlich Ergebnisse hervor. Allerdings nicht allzu viele, genau gesagt nur drei.

Erstens, die Sockenfirma stand finanziell blendend da, kein Anlass also für die Juniorchefs, stille Reserven des Seniors anzuzapfen.

Zweitens, Butler Lembke war tatsächlich im Testament bedacht. Wie alle anderen Angestellten auch. Pro Person 50.000 Euro. Ist das ein Grund zu morden? Ist es definitiv, befand die Kommissarin, es wurden schon Leute wegen eines Tausenders umgebracht.

Das dritte Ergebnis betraf die Sekretärin Isolde von Beilstein. Sie hatte wegen Unterschlagung zwei Monate im Gefängnis gesessen. Als Buchhalterin im größten Umzugsunternehmen der Stadt hatte sie erfolgreich Geld in die eigene Tasche abgezweigt. Hatte es sozusagen umgesiedelt. Den unterschlagenen Betrag konnte die Beilstein zwar zurückzahlen, sie hatte ihn gebunkert und nicht verprasst, aber für die Geldstrafe von 90 Tagessätzen war dann kein Groschen mehr da gewesen. Also Haft. Nach der Entlassung trat wieder einmal die wohltätige Madeleine Kopp auf den Plan und bot der verarmten und verurteilten Adeligen eine zweite Chance.

Auftritt des Häuptlings. KTU-Chef Stießel präsentierte mit großer Geste eine Festplatte: „Voilà, das Objekt der Begierde! Mit einer Datei voller Überraschungen! Wenn Sie mal schauen möchten!“

Er stöpselte die Festplatte am Rechner der Kommissarin fest, klickte sich endlos durch den Dateimanager und öffnete schließlich die Datei „Herzschlag“.

Es war ein Serienbrief. An Bodo und Despina, Lotte und Horst, Butler Lembke und Isolde von Beilstein.

Meine liebe Herde!

Seit fünf Jahren ist mein Leben nicht mehr so, wie es einmal war. Vor fünf Jahren hat mir das Schicksal meine Madeleine weggenommen, das Schicksal hat sie entführt, ich weiß nicht, wohin. Ich werde es nur erfahren, wenn ich ihr nachgehe. Auf demselben Weg, den sie gegangen ist, zu dem-

selben Ziel irgendwo innerhalb oder außerhalb des Universums. Vielleicht auch im Nichts. Um den Weg gehen zu können, muss ich meine Schritte auf dieser Erde beenden, ich muss sterben. Leider ist mein Herzmuskel noch nicht kaputt genug, er braucht Nachhilfe. Ich habe viele Nächte und viele Kristallschwenker mit XXO-Cognac gebraucht, um meinen Abschied effektvoll und endgültig und so rätselhaft zu gestalten wie nur möglich. Und Ihr werdet mir dabei helfen. Es wird an Weihnachten geschehen. Irgendjemand von Euch wird den Stick mit dem Lied von der Stillen Nacht aus der Schublade nehmen – Ihr wisst ja alle, wo er liegt – und dann wird derjenige oder diejenige einen mordsmäßigen Knall darauf kopieren, nachdem das Lied verklungen ist. Ich weiß zwar, dass der Knall kommen wird, aber nicht genau, wann, und die Aufregung, meinen eigenen Tod inszeniert zu haben, wird ein Übriges tun. Ihr werdet genauso getroffen sein wie ich, wenn ich mir ans Herz greife und einfach umfalle. Dann werde ich die Villa verlassen, werde wie ein Hauch durch die glasierten Dachziegel huschen und mich auf den Weg begeben. Auf den Weg zu Madeleine, zu demselben Ziel irgendwo innerhalb oder außerhalb des Universums. Vielleicht auch im Nichts.

Wer mir helfen wird, die Liebe meines Lebens wiederzufinden, das wird immer ein Geheimnis bleiben. Ihr alle werdet schweigen, auch die Person, der ich gleich die Datei mit dem Knall schicken werde. Oder schicke ich sie mir doch selbst?

Meine liebe Herde, ich danke Euch allen für alles, was Ihr für mich und meine Familie getan habt oder noch tun werdet.

Adieu, Euer Leithammel!

Bernhard Kopp wurde mit einer großen Zeremonie neben seiner geliebten Madeleine beerdigt. Ein Streichquintett spielte *Midnight Lady.* Schwiegertochter Despina klammerte sich an Bodo und weinte ihre Tränen in seinen Mantel. Lotte und Horst hielten sich an den Händen so fest wie schon lange nicht mehr. Butler Lembke und seine Isolde schwiegen einfach und versprachen sich von Seele zu Seele, dass sie sich immer so unendlich lieben würden, wie die Kopps das getan hatten. Dann warfen alle weiße Rosen in das Grab, nachdem der Sarg in die Erde gelassen worden war.

Kügelchen kaute mangels anderer Beschäftigung im Kombi an ihrem kalorienreduzierten Knochen aus dem Fressnapf-Tierfutter-Supermarkt. Die XXL-Kommissarin Beatrix Krombacher gab vor sich selbst zu, dass manche Theorien über die Täterschaft bei Todesfällen der reinste Schwachsinn sind, aber Kriminalbeamte sind eben auch nur Menschen.

Dann googelte sie ihre Heimfahrt und entdeckte freudestrahlend, dass es auf der Route einen Drive-in gab, der delikate doppelstöckige Burger zum Mitnehmen anbot. Die hatten zwar locker Tausende von *Weight Watchers*-Punkten, was aber im Sinne der Wahrheitsfindung nicht ins Gewicht fiel.

„Blöde Formulierung", korrigierte sich die Kriminalerin, natürlich fielen die Burger ins Gewicht, und zwar ins Übergewicht.

„Hoffentlich kauft sie auch Pommes", sinnierte Kügelchen, „Dienstreisen und Weihnachten ohne Pommes sind einfach nicht der Bringer!"

Oskars Wunschzettel

Jeld alleene macht nich jlücklich,
man muss et ooch haben.
Berliner Sinnspruch

„Mama, wie heißt das Tier noch mal?“ Oskar zeigte auf den Sphinx, der den weihnachtlich geschmückten Eingangsbereich des Berliner Kulturkaufhauses Dussmann bewachte.

„Das ist ein Sphinx, ein Löwe mit einem Menschenkopf, aber den gibt es nur aus Stein.“

„Und aus Lego?“

„Bestimmt, aber dafür haben wir kein Geld.“

Sie hatten auch kein Geld übrig, um Bücher zu kaufen, deswegen ging Tamara mit dem Kleinen regelmäßig in die Friedrichstraße, um mit ihm bei Dussmann Bilderbücher anzuschauen. Und jedes Mal könnte sie heulen, wenn er dann dasaß und mit wissbegierigen Augen die Zeichnungen betrachtete und ihr dazu Löcher in den Bauch fragte. Ein ganzes Zimmer voller Bücher hätte sie ihm schenken mögen, aber er hatte nicht einmal ein eigenes Zimmer, sein Bett war die Wohnzimmercouch.

In einem eigenen Kinderzimmer hätte er nachts lesen können, anstatt zu schlafen. Mit einer Taschenlampe, damit es die Eltern nicht bemerken. Über den Sphinx hätte Oskar dabei vieles erfahren können. Dass diese Löwenfigur in Ägypten männlich ist, in Griechenland aber weiblich. Und dass die Mehrzahl *Sphingen* heißt. Der Knirps hätte sich bestimmt gekugelt bei diesem Wort.

Oskar hätte auch erfahren, dass so ein Sphinx in alten Zeiten ein Mörder gewesen war. Weil er vorbeikommende Reisende einfach erwürgt hatte, wenn sie sein Rätsel nicht hatten lösen können. Und dieses Rätsel ging so: „Welches Wesen ist am Morgen vierfüßig, am Mittag zweifüßig und am Abend dreifüßig?“

Oskar hätte bestimmt nachgedacht, bis er darüber eingeschlafen wäre, das Rätsel hätte er wohl doch nicht gelöst. Es wäre ihm aber auch nichts passiert, denn die knifflige Frage ist schon vor Tausenden Jahren gestellt worden, und die Antwort hätte der Steppke nachlesen können in seinem Zimmer voller Bücher. Hätte er es nur gehabt.

„Das gesuchte Wesen ist der Mensch, der am Morgen seines Lebens, solange er ein Kind ist, auf zwei Füßen und zwei Händen kriecht. Ist er stark geworden, geht er am Mittag seines Lebens auf zwei Füßen; am Lebensabend, als Greis, bedarf er der Stütze und nimmt den Stab als dritten Fuß zu Hilfe."

Die Geldübergabe an den Erpresser ging krachend schief. Gut, es war auch gar kein richtiges Geld, es war ein wattiertes Kuvert voller wertlosem Zeitungspapier. Egal, ehe es wie gefordert in der Ranger-Hütte auf dem Abenteuerspielplatz abgelegt werden konnte, traten nicht kalkulierte Ereignisse ein.

Kommissar Casanova – der hieß wirklich so, mit Vornamen aber nicht Giacomo Girolamo, sondern Matteo Antonio – hatte seine Leute postiert. Alles im Griff, dachte er. Aber leider doch nicht, merda! Als die Geldbotin, seine Assistentin Rieke, auf den Zaun des Spielplatzes zulief, um darüber zu hechten, zerknallten Schüsse brutal die nächtliche Stille.

Rieke machte auf dem Absatz kehrt und suchte ihr Heil in der Flucht. Ebenso heil kam sie im Mannschaftswagen an. Gott sei Dank!

Casanova jagte seine Leute los: „Ausschwärmen, sucht den Schützen, aber pronto!"

Rieke, die zierliche Brünette, Schwarm der gesamten Abteilung, vergaß ihre feine Ader und ließ mit Schnappatmung alles raus.

„Verdammte Scheiße, ich hätte mir fast in die Hosen gemacht, und alles wegen eines uralten steinernen Viechs aus Ägypten. So wat Bekloppte! Wo ist der Schnaps?"

Natürlich gibt es in Kraftfahrzeugen der Polizei keinen Alkoholvorrat, aber was ist schon natürlich? Kommissare mit italienischer Abstammung haben Erfahrung mit harten Einsätzen, neigen ihrer Herkunft wegen zu mediterraner Lockerheit und wissen deswegen auch, was in heiklen Situationen beruhigt: Grappa aus dem Flachmann.

Aber das erzählen wir natürlich nicht weiter, liebe Leser. Va bene?

Letztendlich blieb die ganze Aktion erfolglos, ein Schütze wurde nicht gefunden, Patronen erst recht nicht, es war ja stockdunkle Nacht. Also rückte die gesamte Truppe wieder ab, missione impossibile.

Kommissar Casanova indes war alles andere als ein Flachmann, er konnte auch aus einem Fehlschlag noch das Letzte herausholen. Er öffnete das Fenster an der Beifahrerseite und ließ die aus Zeitungspapier gefakten Geldscheine fröhlich in die Berliner Luft flattern.

„Money, money, money, must be funny in the rich man's world", sang er dazu. Der Hit von Abba, schon ein wenig her.

Blöd nur, dass Commissario Casanova alle Klischees erfüllte, die man schwarzhaarigen italienischen Casanovas anhängt, nur den glockenreinen Gesang hatte er nicht erfunden. So war sein Vortrag der Mannschaft nicht wirklich ein Trost. Was soll's, Hauptsache Feierabend!

Aber welcher Vollpfosten erpresst Geld und schießt dann auf den Überbringer? Rieke grübelte im Mannschaftsbus erfolglos darüber nach und ließ sich schließlich an ihrem Stammkiosk absetzen.

„Rolf, einen Korn! Ich muss über Geld nachdenken."

„Wer muss das nicht?"

Rolf war selbst chronisch knapp, aber heute war er gnädig: „Geht aufs Haus, Frau Bulle. Aber nur einer. Und dann zahlst du deinen Deckel. Hat sich 'ne Menge angesammelt."

Die Nachricht hatte im Hausbriefkasten gelegen, adressiert an *Kultur-Kaufhaus Dussmann, Friedrichstraße 90, 10117 Berlin.* Frankiert mit einer Briefmarke der neuen Edition „Weihnachtsbäckerei".

„Der Absender scheint kein Citrullo zu sein."

Commissario Casanova liebte es, seine italienische Herkunft auch in der Wortwahl zu demonstrieren, was zu einer wohlklingenden Konservation führte, denn *Citrullo* hört sich einfach eleganter an als das deutsche *Trottel.*

„Falls er die Briefmarke nicht zufällig gewählt hat, sondern passend zum zeitlichen Umfeld seiner Drohung, sollten wir die Sache verdammt ernst nehmen. Dann hat er nämlich etwas in der Birne. Rieke, lies noch mal vor, prego."

Rieke las, und die Chefetage von Dussmann hörte zu:

„Der Sphinx von Gizeh hat vor langer Zeit eins auf die Nase gekriegt, und auch Ihrem Exemplar wird etwas passieren, wenn Sie nicht zahlen. Meine Methode ist perfekt, Sie werden den Schaden nicht verhindern können. Außer Sie hinterlegen 100.000 in Zwanzigern in der Ranger-Hütte des Wildwest-Abenteuerspielplatzes. Samstag um 22 Uhr hat die Kohle da zu sein, oder Sie werden es bereuen!"

Casanova fuhr mit den Fingern durch seine gegelte schwarze Haarpracht und wandte sich an die Runde: „Der weiß das mit der Nase, der ist kein Citrullo, wir haben es mit einer gewieften Person zu tun."

Die Dussmann-Crew war beeindruckt, schließlich wusste nicht jeder, dass der Sphinx, der die Pyramiden bewachte, ein Fall für den Schönheitschirurgen war. Weil 1378 ein Scheich namens Mohammed Saim el-Dar befohlen hatte, den Sphinx zu entstellen. Der Scheich war strenggläubig gewesen und hatte deshalb Jagd auf alle bildlichen Darstellungen gemacht, weil diese im Islam verboten sind. Er hatte sozusagen eine Nase für religiöse Verfehlungen gehabt.

Die Dussmann-Crew war nicht nur beeindruckt, sondern sie saß ganz schön in der Tinte. Immerhin war der Sphinx in der Lobby der riesigen Buchhandlung kein China-Imitat, sondern echt, dazu echte 3500 Jahre alt, weil er damals der Königin Hatschepsut gehört hatte. Wie bei vielen anderen Kulturgütern auch, hatten selbsternannte Retter aus Deutschland die Statue heldenmütig vor dem Verfall bewahrt und ganz geschichtsbewusst nach Hause mitgenommen. Man könnte auch sagen, sie haben sie den Leuten am Nil einfach geklaut, aber das ist jetzt eine andere Baustelle.

Auf jeden Fall landete der Löwe mit dem Menschenkopf im Ägyptischen Museum in Berlin und wurde während der umfangreichen Sanierung der Museumsinsel an das Kulturkaufhaus ausgeliehen. Jetzt fühlte er sich dort so wohl, dass er gar nicht mehr zurückwollte und allen möglichen fiesen Attacken ausgesetzt war.

Haut auch ihm jetzt einer die Nase ab? Oder kommen Klimaschützer und attackieren ihn mit Farbspray? Soll man ringsherum einen Käfig aus Panzerglas errichten? Theoretisch möglich, aber so etwas dauert fast so lange wie der Bau des neuen Flughafens.

Und was hieß überhaupt „perfekte Methode"? Wie könnte man mitten in einem Kaufhaus mitten in Berlin unbemerkt einen Sphinx ruinieren? Und dann auch noch hoffen, unerkannt und unbehelligt zu entkommen?

Rieke war der Ansicht, das Ganze sei nur ein Bluff, ein Sturm im Wasserglas. Also, am besten vergessen!

Vergessen ging aber nicht, denn schließlich ist die Polizei auch für Prävention zuständig. Und wenn ein Verbrechen angekündigt wird, und die Behörde macht nichts, dann kriegt der zuständige Mensch voll was auf die Mütze. Oder als Italiener auf die schwarze Haarpracht.

Es gab also nur eine Konsequenz für Commissario Casanova: „Zahlen! Zahlen beziehungsweise wenigstens so tun, als würden Sie zahlen! Money, money, money!"

Glücklicherweise sang er nicht.

Der Anordnung wurde stattgegeben, der Aufwand war beträchtlich, und das Ergebnis – wie wir soeben erfahren haben – niederschmetternd. Porca miseria!

An Rolfs Kiosk herrschte der übliche nächtliche Betrieb. Lauter bekannte Nasen, bis auf den einen Typen, der noch nie dagewesen war. Höchstens als Laufkundschaft vielleicht, aber man kann sich ja nicht an alle erinnern. Rolf schob ihm den nächsten „Persico" hin, ein Fläschchen Sauerkirschenlikör mit delikatem Mandelaroma. Meistens pur genossen, im feineren Zuhause auch als milde Gabe in der heißen Schokolade. Eine derartige Camouflage war am Kiosk nicht nötig, da wurde die Last des Lebens unverdünnt weggeknallt.

Dabei sah der Mann gar nicht übel aus, wirkte aber dennoch wie rausgeworfen aus dem Leben. Die Klamotten nicht auf dem neuesten Stand, die Rasur überfällig, die Augen müde, die Schultern nach vorne gesackt. Rolfs Diagnose nach neun Jahren Sozialhilfe mit Alkohol-Assistenz: Der schiebt Frust ohne Ende.

Die Bestätigung kam postwendend. Der Aus-dem-Leben-Geworfene drehte den Verschluss des Likörfläschchens auf – knack – nahm einen Schluck und philosophierte hoffnungslos: „Da winkt endlich Kohle um die Ecke, aber kaum greifst du hin, ist sie nicht mehr da. Wie sagen die Ägypter? Freunde sind wie Sterne, sie leuchten in der Dunkelheit. Und was hab ich? Keine Freunde, keinen Zaster, nur Persico. Und der leuchtet nicht."

Die zierliche Brünette, die sich gerade neben ihm an den Tresen gestellt hatte, bemerkte er gar nicht. Bemerkte auch nicht, dass sie beim Wort „Ägypter" hellhörig geworden war.

Die Frau wiederum nahm sich vor, Rolf nach diesem Kerl zu fragen. Sein Selbstgespräch klang schließlich nach hochinteressanten Zusammenhängen. Eigentlich hatte sie ja heute gar nicht herkommen wollen, aber in ihrer kleinen Wohnung herrschte Tristesse. Ihren Deckel hatte sie gestern geleert, also war sie wieder kreditwürdig, und zur Begrüßung gab es auch noch gleich eine mögliche Spur. Dieser späte Abend fing ja gut an!

Der Aus-dem-Leben-Geworfene hatte gezahlt, war unsicheren Schrittes aufgebrochen, und Rolf war die reine Enttäuschung.

„Nie gesehen, den Kerl. Tut mir leid. Noch einen Korn?"

„Mensch, Rolf! Du weißt doch immer alles über alle. Ausgerechnet von dem nicht! So ein Mist!"

Sie hätte dem Mann nachgehen sollen!

„Noch einen Korn“, seufzte Rieke.

Bei Dussmann hatte ein Weihnachtsmann Buntstifte an die Kinder verschenkt. „Ho ho ho“, hatte er unter seinem verstrubbelten Bart gerufen, „damit könnt ihr mir Wunschzettel schreiben. Und malt was Schönes dazu. Ich freu mich schon drauf!“

Oskar öffnete ehrfurchtsvoll das Plastikmäppchen und besah zufrieden die Stifte. Die schönsten Farben der Welt! Ein Gelb fast wie goldene Sterne, ein saftiges Orangen-Orange, gleich drei verschiedene Rottöne und auch noch Weihnachtsbaum-Grün, Weihnachtshimmel-Hellblau, Weihnachtshimmelabend-Dunkelblau und Braun. Braun, na ja, Oskar war nicht begeistert. Aber ein Christbaum braucht ja auch einen Stamm, insofern war das Braun ganz okay.

Dann begann der Junge zu malen. Er malte einen hell- und dunkelblauen Himmel mit einer orangenen Sonne und gelbgoldenen Sternen, einen Tannenbaum mit unzähligen roten Kugeln und einem braunen Stamm, Ordnung muss sein.

Dann schrieb er noch seine Wünsche auf den Zettel. In ganz großen Großbuchstaben: „1 ZIMER UND 1 PFINX AUS LEGO.“

Oskar legte seinen Wunschbrief abholbereit auf das Fensterbrett des Wohnzimmers, sortierte die Buntstifte wieder sorgfältig in das Mäppchen und rollte sich auf seiner Schlafcouch in die Decke mit dem Schneeflockenmuster auf hellweihnachtsblauem Himmeluntergrund. Mama hatte die Decke auf einem Flohmarkt gefunden. Für Oskar der beste Flohmarkt der Welt.

Das Gewehr hatte sie in den Schrank zurückgestellt, die Plastikhandschuhe in den Müll geworfen, den olivgrünen Parka von Laubresten und Moos aus dem hohlen Stamm befreit. Nichts würde auf sie hindeuten. Falls überhaupt jemand auf die Idee käme, dass sie in die Sache verwickelt sein könnte.

Natürlich hatte sie eine Höllenangst gehabt. Es war schon ein Wagnis gewesen, mit der vergammelten Waffe loszuziehen und sich nicht erwischen zu lassen.

Sie erinnerte sich, wie sie im Schutz einer Fichte gelauert hatte. Nadeln hatten an ihrer Wange gekratzt, sie hatte gefroren. Dann war diese Frau auf den Zaun zugerast! Bloß jetzt nicht versagen! Geschossen hatte sie zum letzten Mal mit achtzehn im Schützenverein ihres Heimatdorfes, dann hatte sie geheiratet und war mit Boris nach Berlin gegangen, und jetzt war eben alles, wie es war. Hauptsache, niemand fand es heraus. Nicht die Polizei, nicht ihr geliebter Boris und der geliebte Kleine schon gar nicht.

Die Sicherheitsmaßnahmen waren perfekt, Kommissar Casanova und seine Truppe hatten ganze Arbeit geleistet. Das Kulturkaufhaus war zu einer Art Fort Knox geworden. Nur dass hier keine Barren aus Gold bewacht wurden, sondern ein Löwe aus Stein. Von Polizeikräften in Zivil und zusätzlich einer privaten Security in schwarzen Shirts. Und es passierte genau das, was keiner erwartet hatte, nämlich – nichts!

Keine verdächtigen Gestalten mit Rucksäcken undefinierbaren Inhalts, keine Letzte Generation, schon gar keine vorletzte, keine Agenten mit pro-russischem Agenten-Hintergrund, nicht einmal ein Satiriker der heute-Show, der irgendetwas aufs Korn nehmen wollte, egal was.

„Verschwendung von Steuergeldern, der Staat ist ja nicht für alles zuständig!“, würde sicher bald ein Politiker empört feststellen. „Die Polizei bietet eine halbe Armee auf, bloß weil irgendein Spinner sich einen albernen Scherz erlaubt!“

Aber wehe, der aufgebrachte Volksvertreter wird irgendwann bei irgendeiner Rede von einer Matschtomate am Kopf getroffen! Sofort würde er nach Spezialkräften rufen, nach der GSG 9, nach rückhaltloser Aufklärung, nach bundesweiter Unterstützung, zur Not sogar aus Bayern.

Entschuldigung, ich habe mich gerade verrannt, und dabei eine sensationelle Entwicklung fast verpasst. Denn Rieke war wie ein Schachtelteufel von ihrem Beobachtungsposten hochgeschossen. Alle im Überwachungszentrum, das im Pausenraum in der vierten Etage eingerichtet worden war, konnten ihre Aufregung buchstäblich hören.

„Den kenn ich! Den kenn ich vom Kiosk! Rolfs Kiosk, ihr wisst schon, wo ich hin und wieder aussteige. Vor drei Tagen war der Typ auch da, stand neben mir, hat sich bis zur Selbstaufgabe den Persico gegeben und seltsames Zeugs geredet. Gleich hab ich's, Moment.“

Die Kriminalassistentin klopfte sich an die Stirn und gab dann präzise die Worte wieder, die der Kerl gesagt hatte, als er sich an Rolfs Kiosk die Kante gegeben hatte.

„Da winkt endlich Kohle um die Ecke, aber kaum greifst du hin, ist sie nicht mehr da. Wie sagen die Ägypter? Freunde sind wie Sterne, sie leuchten in der Dunkelheit. Und was hab ich? Keine Freunde, keinen Zaster, nur Persico. Und der leuchtet nicht.“

Rieke war wie elektrisiert. „Ägypter, versteht ihr? Der kennt die dortigen Sprichwörter! Kein Citrullo! Es ist eindeutig, wir haben ihn!“

„Schon verstanden“, herrschte Casanova dazwischen und bellte in die Funke: „Zugriff!“

Oskar stand wie versteinert und sah fassungslos den Männern in den schwarzen Shirts hinterher: „Was machen die mit dem Papa?“

Die Männer hatten Boris Proksch bei den Armen gepackt und schleppten ihn zu den Liften.

„Wir finden das heraus“, sagte Tamara Proksch, nahm den Buben an der Hand und zog ihn durch die verblüffte Menge den Wachleuten hinterher.

Der Aufzug, in dem die Security mit Boris Proksch verschwunden war, hielt in der vierten Etage. Tamara sah es an der Anzeige.

Sie nahm mit Oskar den zweiten Lift und drückte den Knopf mit der Nummer vier. „Keine Angst, alles wird gut“, sagte sie.

Boris war im Vorteil dank eines gütigen Geschicks. Aber das wussten weder die forsche Rieke noch der geschniegelte Signore Commissario, noch der Rest der Mannschaft. Also parierte der potenzielle Erpresser lässig alle Verdächtigungen.

„So einen Brief kann jeder auf einem Rechner geschrieben haben“, erklärte Boris in aller Ruhe. „Wie kommen Sie gerade auf mich?“

Er lehnte sich zurück.

„An Rolfs Kiosk kann sich jeder mal den Weltschmerz wegsaufen. Warum macht das gerade *mich* verdächtig?“

Die Befragung entwickelte sich mehr und mehr zum Desaster.

„Ägyptische Sprichwörter sind tiefe Weisheiten. Warum sollte ich damit Dummheiten bereuen?“

Und schließlich:

„Ob ich die Wahrheit sage oder ob ich lüge, wie wollen Sie mir das beweisen?“

Tamara pfiff auf alle Versuche der Security, sie aufzuhalten, platzte mit Oskar effektvoll zur Tür herein und füllte mit einem Blick und vier Worten den ganzen Überwachungsraum: „Tamara Proksch, guten Tag!“

Tamara setzte Oskar auf einen freien Stuhl und herrschte die nächstbeste Beamtin an: „Sie geben meinem Jungen jetzt Papier und einen Stift zum Malen, und dann hören Sie mir zu, alle!“

„Ich erzähle Ihnen jetzt die Geschichte einer Familie. Sie besteht aus Vater, Mutter und einem fünfjährigen Jungen. Der Vater war Abteilungsleiter für Haushaltswaren in einem Großkaufhaus. Kein gefragter Beruf in Zeiten sterbender Innenstädte und bei immer mehr Online-Handel. Konsequenterweise ist der Vater arbeitslos. Die Mutter betreibt in der Dreizimmerwohnung einen Bügelservice und eine Änderungsschneiderei. Damit ist das Kinderzimmer belegt, der Junge spielt, haust und schläft im Wohnzimmer. Die drei kommen mehr schlecht als recht über die Runden. Der Junge hätte gerne eine große Kiste Legosteine, viele Bücher und eigenes Zimmer. Viele Kinder haben so etwas, er aber nicht, es ist finanziell unmöglich. Also geht die Mutter mit ihm regelmäßig zu Dussmann, wo er begeistert in Bilderbüchern blättert und sich vorlesen lässt. Irgendwann erzählt er seinem Papa von einem Löwen, der einen Menschenkopf hat, in einem Bücherwald lebt und ‚Pfinx' heißt. Im arbeitslosen Papa reift ein Plan. Er erzählt den Plan seiner Frau. Die Frau findet den Plan ganz entsetzlich und gefährlich, aber sie kann sich nicht durchsetzen."

Tamara wischt sich über die Augen, im Raum herrscht gespannte Stille, aber es gibt keine Stecknadel, die man fallen hören könnte. Man kann nur die Mutter hören, die ihre Geschichte wieder aufnimmt.

„Als die Nacht der Wahrheit kommt, geht der Papa aus dem Haus. Die Mutter bringt den Jungen zu seinem Freund im Nebenhaus. Die Jungs werden Lego spielen, bis ihnen die Augen zufallen und nichts von dem mitbekommen, was auf dem Abenteuerspielplatz geschieht. Obwohl sie den Platz kennen und dort oft Verbrecher und Polizei spielen."

Tamara kann ein Lächeln nicht unterdrücken und wird wieder ernst.

„Die Mutter hat sich hinter einer Fichte getarnt und hält ihr Gewehr bereit. Sie wartet geduldig, es ist bitterkalt. Sie bemerkt außerhalb der Umzäunung ein ungewöhnliches Treiben, sie hört Motorengeräusche, sieht Menschen, die sich in Büsche verkriechen. Ihren Mann sieht sie nicht, wahrscheinlich wartet er irgendwo, bis die Luft rein ist. Die Nerven der Mutter sind zum Zerreißen gespannt. Plötzlich sieht sie eine schlanke braunhaarige Frau auf den Zaun zurasen. Sie hebt ihre Waffe und schießt mehrmals – in die Luft.

Die brünette Frau macht kehrt und rennt davon, eine Stimme ruft ‚Ausschwärmen!' Die Menschen in den Büschen fangen an, nach dem Schützen zu suchen, aber sie kennen nicht den hohlen Baumstamm unter dem Laubhaufen. Den kennen nur die Kinder und die Mütter

Irgendwann wird der Einsatz abgebrochen, Motoren gehen an, die Frau hört die Autos wegfahren, atmet durch, kriecht aus dem hohlen Stamm hervor. Sie richtet sich auf, es ist gelungen, sie hat geschossen. Aber nicht, um jemanden umzubringen, sondern einzig, um den Plan ihres Mannes zu durchkreuzen, diesen entsetzlichen Plan."

Alle waren gewaltig mitgenommen von Tamaras Geschichte. Boris ebenso, aber er lächelte seltsamerweise. Oskar malte gedankenversunken einen Sphinx, oder sagen wir mal, seine Version des Fabelwesens.

Der Kommissar fand als Erster die Sprache wieder: „Ihr Mann wird sich wegen Erpressung verantworten müssen. Aufgrund der finanziellen Situation könnte dies Haft bedeuten. Eine Geldstrafe scheint bei Ihnen ja nicht angebracht."

Boris erhob sich, nahm seinen Sohn auf den Arm und legte die freie Hand auf die Schulter seiner Frau, die mit einem verzweifelten Lächeln zu ihm hochsah.

„Ich werde nicht ins Gefängnis gehen", sagte er, „ich werde die Strafe bezahlen. Und wir werden eine neue Wohnung bekommen mit einem großen Kinderzimmer."

Er sah Tamara an: „Für dich mieten wir einen Laden. Und weißt du, warum wir das machen? Weil ich auf dem Heimweg von Rolfs Kiosk einen 10-Euro-Schein gefunden habe. Den habe ich in einen Lottoschein investiert. Gestern war die Ziehung, jetzt ist alles gut!"

Im Atrium von Dussmanns Kulturkaufhaus stand der Weihnachtsmann mit dem verstrubbelten Bart. Boris holte Oskars Wunschzettel aus der Sakkotasche und sagte zu seinem Jungen: „Ich dachte, du gibst ihm den Zettel am besten selbst."

Der Sphinx sah mit steinerner Miene zu. Was er wohl dachte?

Und was dachte Rieke, als sie abends dann am Kiosk stand und Rolf bei der Arbeit zusah?

„Verdammt gut sieht er ja aus! Und ich fühle mich wohl, wenn ich bei ihm bin. Etwas mehr Polizeischutz könnte ihm auch nicht schaden. Also bleib ich lieber in seiner Nähe!"

Sie blieb bis zur Sperrstunde.

Traue niemals einem Clown

Drei weiße Zirkusclowns
Warn bei der Show dabei
Aber eenen hat's erwischt
Da waren's nur noch zwei.
Berlinerische Version eines Abzählreimes

Den böhmischen Komponisten Julius Fučík aus Prag kennt kein Mensch, aber jeder, der auch nur ein einziges Mal im Zirkus war, kennt seinen weltberühmten Marsch, der eigentlich *Einzug der Gladiatoren* heißt, aber gemeinhin nur *Zirkusmarsch* genannt wird. „Ra ta tatatata, ra ta tata …" Sie wissen schon.

Ein Einzug der Gladiatoren war bei den alten Römern eine tödliche Sache, denn jeder fünfte Kämpfer musste daran glauben, wenn der *Gladius*, also das Schwert des Konkurrenten, ihn final getroffen hatte.

Ein finaler Treffer sollte auch an diesem verflixten 13. Dezember passieren, aber nicht im Kolosseum in Rom, sondern im Berliner Kolosseum, das Tempodrom heißt. Der Treffer sollte auch nicht mit einem Schwert passieren. So eine auffällige Waffe hätten die schwarzen Sheriffs von der Security natürlich beim Einlass locker bemerkt und knallhart beschlagnahmt, gegen Quittung versteht sich, Ordnung muss sein in Deutschland. Nein, man würde eine ganz dezente Waffe verwenden, nämlich eine Kugel. Mit dunkler Schokolade überzogen und mit tödlichem Inhalt gefüllt.

Jetzt aber erst einmal Historisches. Der Zirkus Roncalli wurde 1975 in Wien vom Journalisten Bernhard Paul gegründet, der beschlossen hatte, vom sicher stehenden Schreibtisch eines österreichischen Nachrichtenmagazins in die ungewisse Welt des fahrenden Volkes zu wechseln. Er erklärte Poesie und Verzauberung zur Grundlage seiner Zirkusprogramme, kreierte nostalgische Wohnwagen für seine Karawane und verbannte Wildtiere schon aus der Manege, als die EU-Beamtenköpfe noch gar nicht begriffen hatten, dass Elefanten keine Unterhaltungskünstler sind und auf jeglichen Applaus pfeifen, weil er ihnen an ihrem dicken Hintern komplett vorbeigeht. Dazu kommt, dass auch Löwen keine Lust darauf haben, sich auf irgendwelchen Podesten niederzulassen und dem Dompteur Pfötchen zu geben. Ausnahme sind wie so oft die Hunde, die jeden Blödsinn mitmachen, weil er ihrem Naturell entspricht und ihrem Spieltrieb. Und weil er ihrer Fresslust entgegenkommt. Sie hüpfen so lange freudig auf zwei Pfoten, bis sie endlich ihr Leckerli bekommen. So sind sie eben, die Wuffis.

Heute ist Roncalli eine Institution, auch in Berlin. Alle Jahre wieder zur Weihnachtszeit zieht der Zirkus in ein Betonzelt, in das Tempodrom, das unweit vom Potsdamer Platz liegt, gleich hinter dem Anhalter Bahnhof. Die Besucher des Weihnachtszirkus erleben dort, was Advent wirklich heißt. Nicht shoppen auf Teufel komm raus, sondern sich im Zauber von Farben, Musik, Körperkunst und Poesie zurückzulehnen auf Seele komm rein.

Leichen in der vierten Reihe stören natürlich dieses paradiesische Bild, aber glücklicherweise wurde der aktuelle Todesfall erst nach der Vorstellung wahrgenommen. Drei Zirkusfans in weißen Clownskostümen hatten in der Reihe die Show verfolgt, zwei waren verschwunden, die dritte Person war noch da. Sie saß tot im samtroten Sessel mit der Nummer 16.

Joe Steinweg hatte sich brav an der Garderobe angestellt und kam nach einer gefühlten Ewigkeit mit den Mänteln zurück. Galant wollte er seiner Frau in den rosafarbenen Kunstpelz helfen, als Cassys Handy klingelte. Nein, es klingelte nicht, es spielte „Lass mein Knie, Joe“ von Wencke Myhre, ein Lied, das seine Karriere als „It's a Heartache“ begonnen hatte. Die Wahl des Ruftons kam nicht von ungefähr. Schließlich hatte Cassy Joes Avancen damals radikal ignoriert, weshalb er sie als hoffnungslos renitente Blondine klassifiziert hatte. Dann aber war Cassys Favorit mit einer anderen durchgegangen, und so kam es dann doch, wie es kommen sollte. Joe und Cassy wurden ein Paar, und er durfte ihr ans Knie fassen, so oft er wollte. Außerdem war er jetzt Ehemann einer Kriminalkommissarin und Cassy war die Ehefrau eines Kriminalreporters, was einerseits zu Konflikten führte und andererseits zu einem unschätzbaren Vorteil für Joes Zeitung: Er saß an der Quelle beziehungsweise hatte die Hand auf dem Knie derselben.

Cassy hatte ihr Telefonat beendet und zeigte zu den Türen der großen Arena: „Danke für den Mantel, aber wir bleiben noch. Da drin sitzt in Reihe 4 auf Platz 16 ein toter Clown. Der ist gerade mein Fall geworden. Die Sanis vom Veranstaltungsdienst haben dankenswerterweise sofort reagiert, die Kriminaltechnik ist unterwegs, und du bist wieder einmal der erste Journalist am Ort des Geschehens. Wie machst du das bloß immer?"

„Instinkt und die richtige Ehefrau", grinste Joe und harrte mit dem rosa Kunstpelz in Händen der Dinge, die da kommen würden. Erfolgreicher Journalismus braucht genau zwei Voraussetzungen: einen Haufen Neugier und eine gehörige Portion Geduld.

Der Forensiker Doc Brambach liebte es, medizinisch ahnungslose Kriminaler wortreich aufzuklären.

„Fentanyl ist ein Schmerzmittel, ein synthetisches Opioid. Was ich damit sagen will, man braucht zur Herstellung kein Rohopium, also keinen Milchsaft des Schlafmohns aus Afghanistan, sondern nur Chemiekenntnisse. Das macht die Sache billiger und steigert die Effizienz enorm, schließlich ist der Stoff hundertmal wirksamer als Morphin. Deshalb wird das Mittel auch Krebspatienten im Endstadium in einem Pflaster auf die Haut geklebt, um die Todesschmerzen zu lindern. Was eine segensreiche Wirkung bedeutet, allerdings rafft Fentanyl als Streckmittel illegaler Drogen auch Tausende von Süchtigen dahin. Ein mittlerer LKW voll mit dem weißen Pulver würde ausreichen, um alle Bewohner der Vereinigten Staaten von Amerika ins Jenseits zu schicken."

Brambach hatte neben seinem belehrenden Sendungsbewusstsein auch die nervtötende Angewohnheit, sich nicht auf den Besucherstuhl zu setzen, sondern vor dem Schreibtisch des Gesprächspartners rastlos hin- und herzumarschieren, während er seine Erkenntnisse zu Gehör brachte.

„Mexikanische Kartelle sind weltweit führend im Verticken dieses Teufelszeugs, haben Sie das gewusst?", fragte der Doc federnden Schrittes.

„Geschenkt", erwiderte Cassy, „das Wissen über mexikanische Kriminelle wird uns in Sachen toter Clown garantiert nicht weiterbringen."

In diesem Augenblick klingelte segensbringend das Telefon und bereitete den Ausführungen des Rechtsmediziners ein verdientes Ende.

„Wie schaut es aus?", fragte Joe.

„Darüber reden wir abends im Jolesch. Dein Verlag zahlt."

„Das ist Vorteilsnahme", grinste Joe und war froh, eine Ehefrau zu haben, die gerne Informationen gegen ein leckeres Abendessen tauschte. Natürlich nur mit dem Kerl ihres Vertrauens, der ihr auch ans Knie greifen durfte.

Das Lokal in der Muskauer Straße ist nach einem Buch von Friedrich Torberg benannt. „Die Tante Jolesch oder Der Untergang des Abendlandes in Anekdoten". Eine Geschichtensammlung aus dem jüdischen Leben zwischen den Weltkriegen. Neben bekannten Persönlichkeiten wie den Literaten Alfred Polgar und Egon Erwin Kisch tritt auch die fiktive Tante Jolesch auf und bereichert das Werk mit Aphorismen wie „Was ein Mann schöner is wie ein Aff, is ein Luxus".

Das Jolesch als Restaurant und Vinothek gibt sich noch viel luxuriöser und vereint laut eigener Aussage „alpenländische Genüsse mit den urbanen Vibes von Berlin-Kreuzberg".

Cassy vereinte mit der großstädtischen Atmosphäre von Kreuzberg urige Tiroler Schlutzkrapfen, also runde Nudeltaschen mit Kräutertopfen und Salbeibutter, Joe genoss einen Alt-Wiener Zwiebelrostbraten mit gar nicht urbanen Saubohnen.

„Was habt ihr herausgefunden?", fragte er neugierig, „und wie schmecken deine Schlutzkrapfen?"

Cassy reichte ihm eine Kostprobe über den Tisch und begann mit ihrem Referat.

„Wie du weißt, weißt du von nichts, also hör zu. Der tote Clown ist weiblich und stammt aus der Medizinerdynastie von der Tann. Du weißt schon, der Clan aus lauter Ärzten vom Urologen bis zum weiblichen Jungstar der plastischen Chirurgie. Deren Schönheitsoperationen fallen zurzeit allerdings aus, denn als Leiche operiert es sich schlecht. Leyla, so ihr Vorname, verschied wohl an einer Überdosis Fentanyl wie auch schon der schönheitsoperierte Popstar Prince, dessen Nase, Lippen und Hautfarbe bei seinem Tod längst nicht mehr den Vorgaben der Schöpfung entsprochen hatten. Hat mir unser Doc erzählt. Die Droge war wohl in eine Schnaps-Praline injiziert worden, Brambach hat Reste davon gefunden."

Cassy nahm einen herzhaften Schluck von ihrem Grünen Veltliner und bekam gleichzeitig einen roten Kopf, weil sie vergessen hatte, ihr Smartphone auszustellen. Also spielte es mitten in die gediegenen Vibes des Jolesch lautstark und deplatziert den Hit von Wencke Myhre.

Joe kannte diese peinlichen Entgleisungen seiner chaotischen Cassy zur Genüge und verzehrte ungerührt weiter seinen Zwiebelrostbraten, während die Kommissarin am Handy ungläubig nachfragte: „Echt jetzt? Auch tot? Kein Zweifel?"

Joes Neugier war geweckt.

Cassy legte auf und ließ die Bombe platzen.

„Toter Urologe, soeben aufgefunden, Name Albrecht von der Tann, Schwiegervater der Clownsleiche!"

Der Familiensitz der von-der-Tann-Sippe war eine klassizistische Villa in der noblen Kolonie Lichtenberg. Mit Säulen vor dem Eingang, die einen Balkon trugen, auf dem ein steinernes Pflanzgefäß fehlte. Das Ding lag in zwei Teile zersprengt auf dem geharkten Kiesweg und hatte auf seinem Weg nach unten dem Patriarchen Albrecht den Schädel eingeschlagen. Weswegen der nun tot auf den blutbespritzten Kieseln lag und keinen patriarchalischen Eindruck mehr machte.

Joe hatte tapfer der Versuchung widerstanden, die ganze Bescherung zu fotografieren, aber er war ja nur als Dienstleister hier, weil Cassy als nachtblindes Huhn einen Chauffeur gebraucht hatte.

Während die Leiche in den dunkelgrauen Transporter geschoben wurde, saß Joe in seinem vollelektrischen Jeep und fror sich einen Wolf. Die Heizung im Stand laufen zu lassen, kam nicht infrage, schließlich sollte auch die nächste Generation noch etwas von dieser Erde haben. Cassy interviewte derweil im behaglich warmen Salon den spärlichen Rest der Familie, denn da waren's nur noch zwei. Die Mutter, Leberspezialistin, und der Sohn jetzt Witwer und vaterlos, Verwaltungsdirektor der familieneigenen *Sanitas-Klinik*, die selbstredend nur zahlungskräftige Privatpatienten aufnahm.

Mutter Elvira und Sohn Felix saßen zusammengesunken auf den Kanten ihrer ausladenden Ledersofas, beide die Niedergeschlagenheit in Person. Oder taten sie nur so und waren froh, den Alten endlich los zu sein? Den Alten, der weithin als Diktator berüchtigt gewesen war, sowohl im Beruf wie auch im Privatleben.

Aber wie passte das alles zum Tod der Schwiegertochter? Die im Zirkus an einer präparierten Praline gestorben war. Die Schönheitschirurgin, selbst eine strahlende Schönheit persischer Herkunft, ein Wesen aus Tausendundeiner Nacht, wer hatte sie auf dem Gewissen? Wollte jemand eine ganze Dynastie ausrotten?

Mutter und Sohn von der Tann bemerkten trotz ihrer echten oder vermeintlichen Trauer die neugierigen Blicke der Kommissarin, die sie auf das lebensgroße Bildnis eines Clowns warf. Ein beeindruckendes Ölgemälde, noch beeindruckender das Kostüm. Der Possenreißer trug auf dem Bild exakt die gleichen Klamotten wie die Leiche auf Platz 16 in der vierten Reihe des Tempodroms. Ein schlotterndes weißes Gewand mit übergroßen Knöpfen und einen kegelförmigen Filzhut, verziert mit schwarzen Punkten. Die einzige Farbe boten die knallbunten Lippen im weiß geschminkten Mehlgesicht.

„Mein Urgroßvater", erklärte Elvira von der Tann mit belegter Stimme, „der große Clown Bajazzino. Bajazzo ist abgeleitet vom italienischen Begriff ‚Pagliaccio', was Strohsack bedeutet, weil er einen Dummkopf mimt, der schlaue Clown. Vor drei Generationen waren wir von der Tanns noch eine Zirkusfamilie, wohnsitzlose Randfiguren der Gesellschaft, Messerwerfer, Seiltänzer, Löwenbändiger inklusive Spaßmacher. Bajazzino war der Superstar gewesen, ein genialer Tölpel von Weltruf. Der 13. Dezember ist sein Sterbetag, da gehen wir traditionell zu seinen Ehren in den Zirkus. In seinem Kostüm. Wahrscheinlich wird unsere Tradition sterben, so wie Leyla gestorben ist, meine Schwiegertochter. Warum sie die Droge genommen hat, ist uns ein Rätsel. Albrecht war übrigens im Zirkus nicht dabei, er hatte sich den Magen verdorben. Und jetzt ist sein ganzes Leben verdorben – für immer!"

Sie schlug die Hände vors Gesicht, Felix starrte ins Leere.

„Es stimmt, was auf den Zigarettenpackungen steht", dozierte Cassy, „Rauchen kann tödlich sein. Der alte Albrecht konnte von den Fluppen nicht lassen, zur Strafe hatte die Ehefrau das Haus zur nikotinfreien Zone erklärt, weswegen er, wie üblich, die Abendzigarette vor dem Haus gepafft hatte. Bis das edle Pflanzgefäß dem Lungenkrebs zuvorgekommen war. Sein letzter Zug war kein schöner gewesen. Übrigens hat seine Frau behauptet, die persische Schwiegertochter hätte sich selbst mit dem Fentanyl umgebracht. Dabei hätte ihr jeder in der Familie die Praline unterschieben können. Ärzte und Klinikdirektoren haben kein Problem mit der Beschaffung von todbringenden Substanzen."

Sie lagen im Bett, und Cassy fühlte sich trotz ihrer martialischen Ausführungen sehr erotisch an, stellte Joe fest. Aber der Fall ging vor.

„Eine Familiensache, das liegt auf der Hand", war sich Joe sicher.

„Du hast leicht reden", ereiferte sich Cassy, „und falls ja, muss *ich* in der schmutzigen Wäsche wühlen, um dem sauberen Clan auf die Schliche zu kommen!"

Sie beschlossen, die Schmutzwäsche erst einmal liegen zu lassen, so dringend war die Sache mitten in der Nacht nun auch nicht.

Dann fielen sie übereinander her.

Über Lydia Brahms war letzte Nacht wohl niemand hergefallen, denn sie wirkte noch frustrierter als üblich. Und noch aufgebrachter.

„Die haben mich offensichtlich für blöd gehalten! So eine Frechheit! Als wäre ich blind und vor allem taub! Die Tür zum Chefzimmer ist zwar schallgedämmt, aber sie waren lauter als ein Rudel endgeiler Lustmolche in einem Pornofilm!"

Die ältliche Sekretärin mit der erzkonservativen Trockenhauben-Frisur nahm gegen ihre berechtigte Entrüstung einen Schluck vom Johanniskrauttee, den Cassy ganz widerlich fand, weswegen sie vor einem doppelten Espresso saß. So konnte sie den Tiraden der Frau Brahms genüsslich zuhören. Was die für Formulierungen in Sachen Sex draufhatte, das sah man ihr gar nicht an!

Die wortgewaltige Sekretärin erklomm gerade den Gipfel ihrer Empörung.

„Wie die Teenager haben sie gevögelt, mein Chefarzt und seine ehrenwerte Schwiegertochter, das billige Perserflittchen! Natürlich hat sie ihn verführt, den Chef, er ist doch eigentlich viel zu seriös für eine Affäre. So ein verdienter und ehrenwerter Mann! Seit dreißig Jahren bin ich nun seine rechte Hand, ich kenne ihn wie kaum jemand sonst!"

„Aha", registrierte Cassy bei sich, „die langjährige Sekretärin, ebenso langjährig erfolglos in ihren Boss verliebt, der Klassiker schlechthin. War *sie* es gewesen? Aus Rache vielleicht? Aus Eifersucht?"

Die mögliche Rächerin gönnte sich eine weitere Dosis Johanniskraut, was sie aber keineswegs zur Ruhe brachte.

„Der bemitleidenswerte Herr Felix hat bestimmt nicht geahnt, was seine Frau für eine verkommene Schlampe ist. Eigentlich hätte ich es ihm stecken sollen und seiner Mutter auch, aber ich bin nun mal kein Waschweib. Und jetzt ist er tot, der Chef!"

Sie brach in Tränen aus und schluchzte verzweifelt in die Johanniskrauttasse, während Cassy sich davonstahl. Sie hatte genug gehört.

Für einen Kriminalreporter war es kein guter Tag gewesen. Eine einzige Messerstecherei unter zwei Autoschieberbanden, sonst rein gar nichts. Joe schrieb gelangweilt einen kurzen Artikel, würzte ihn mit den üblichen Vorwürfen gegen die viel zu lasche Politik und machte sich auf den Weg nach Hause. Zwei Stunden früher als sonst, Cassy würde sich freuen, falls sie schon daheim war.

In der Diele fuhr es ihm ins Herz wie ein Messer von den Autoschiebern, es stach so grauenvoll tief, dass ihm zum Sterben war. Aus dem Schlafzimmer tönten unmissverständliche Geräusche.

Nein, nicht! Nicht seine Cassy! Und wenn doch? Sollte er am besten den Kopf in den Sand stecken und sich heimlich davonschleichen in die Kneipe an der Ecke? Einfach abwarten und so tun, als wüsste er von nichts?

„Nein!“ Joe straffte sich, stürzte zur Schlafzimmertüre und riss sie auf.

Cassy saß mit ihrem Tablet auf dem Bett und lachte: „Nicht so stürmisch, mein Lieber, das ist kein Schmuddelfilm, sondern Arbeit! Wird dich interessieren!“

Joe fiel ein ganzer Steinbruch vom Herzen, er sprang, so wie er war, mit Jacke und Straßenschuhen, in die Daunen und bedeckte das Gesicht seiner Frau mit einer ganzen Kaskade von Küssen.

„Lass sehen“, sagte er dann.

Und er sah, was Felix von der Tann im Arztzimmer seines Vaters aufgenommen hatte. Mit heimlich installierten Kameras, was kein Problem darstellte für einen Verwaltungsdirektor. Und für einen Ehemann, der einen Verdacht hatte, weil seine Frau sich immer öfter verweigerte und ihren Schwiegervater plötzlich ganz anders ansah als früher.

Kurz nach sechs Uhr morgens kam die Polizei, klingelte Mutter und Sohn von der Tann aus dem Bett und brachte sie ins Untersuchungsgefängnis. Der Haftrichter hatte die entsprechenden Papiere problemlos ausgestellt.

Die Briefe, die später bei Elvira und Felix gefunden wurden, waren identisch.

Sie haben es verdient, denn sie haben uns aus dem Himmel in die Hölle geschickt. Wir haben es gemeinsam getan, wir haben gemeinsam die Pralinen präpariert, die Leyla immer in der Handtasche hatte und andauernd naschte. Die Zirkusvorstellung schien uns die passende Gelegenheit. Wir zwei haben uns zu Clowns gemacht, weil wir es nicht wahrhaben wollten, und die beiden haben sich zu Clowns gemacht, weil sie dachten, ein verliebter alter Mann und eine sexbesessene junge Frau würden nicht auffallen. Den Pflanztrog haben wir auch gemeinsam vom Balkon gekippt. Zwei Pralinen sind noch übrig, die nehmen wir jetzt.

Sie lagen im Bett. Joe döste vor sich hin und Cassy las das Gleichnis vom Clown, das ihr Joe aufs Tablet gespielt hatte. Die Geschichte des dänischen Philosophen Søren Kierkegaard erzählt davon, dass ein reisender Zirkus in Brand geraten war. Der Direktor schickte besorgt seinen Clown in vollem Ornat in das benachbarte Dorf, um Hilfe zu holen. Und um die Leute zu warnen, dass über die kahlen trockenen Felder das Feuer auch auf ihre Häuser übergreifen könnte. Also eilte der Clown los und bat die Leute im Dorf, zum brennenden Zirkus zu kommen und beim Löschen zu helfen. So könne auch ihr Dorf verschont bleiben. Aber die unbedarften Dörfler hielten den dringenden Appell des Clowns lediglich für einen genialen Werbetrick, um sie in die Vorstellung zu locken. Sie lachten sich scheckig über den dummen August und seine angebliche Propaganda. Dem Clown dagegen war zum Heulen wegen der Sturheit der Dummköpfe. Er flehte sie an, er beschwor sie, seine Bitte und seine Warnung seien kein Trick, er mache keinen Spaß, es sei bitterer Ernst, es brenne wirklich. Aber die Leute sahen nur den Clown, den man nicht ernst nehmen konnte, sie folgten blindlings dem Klischee und gingen an ihrer eigenen Ignoranz zugrunde. Der Zirkus und das Dorf wurden von den Flammen aufgefressen, und nichts blieb übrig außer Asche.

Cassy legte das Tablet weg, sah ihren Mann liebevoll von der Seite an und drehte seine Locken. Eine ihrer Lieblingsbeschäftigungen.

„Was hältst du eigentlich von Maria und Josef?", fragte sie.

Joe wunderte sich im Halbschlaf.

„Ich bin doch bekanntermaßen nicht katholisch, und warum willst du das überhaupt wissen?"

„Weil bald Weihnachten ist", erwiderte Cassy lächelnd, „und weil es Zwillinge werden."

Feuerwerk

Sterben müssen wir alle, aber ick lass mir nich jerne drängeln.
Berliner Lebensweisheit in Sachen Tod

Die beiden Frauen sahen überhaupt nicht wie Mörderinnen aus. Andererseits stellt sich die Frage, ob man Mörderinnen überhaupt am Aussehen erkennen kann. Wenn ja, welche war es dann, die Blonde oder die Rothaarige? Oder doch beide? Oder keine, und alles war nur eine falsche Fährte?

Einstein würde mit dieser Frage noch seine Probleme bekommen. Also nicht der Einstein mit der Relativitätstheorie, sondern der mit den Mordtheorien. Der ein Kriminalkommissar war und genauso Albert hieß wie sein weltberühmter Namensvetter, weil die Eltern sich was darauf eingebildet hatten.

Noch war Kommissar Einstein voll im Silvestertaumel, hatte schon zwei Gläser Sekt intus und ballerte den Rest seines Feuerwerksvorrates in die Berliner Luft. Seine Ehefrau, die durchgeistigte und feministische Bibliothekarin Christiane fand die Knallerei einen extrem prolligen Männerkram und hatte ihre Kopfhörer aufgesetzt, die alle Umgebungsgeräusche ausblendeten. Sie hörte die Feuerwerksmusik von Georg Friedrich Händel, ein wenig Silvester muss auch bei Schöngeistern einfach sein!

19 Minuten nach Mitternacht ging das Telefongeklingel los, das keiner hörte. Albert nicht, weil er immer noch zündelte, Christiane nicht wegen der Noise-Cancelling-Kopfhörer. Aber das Telefon war ein schlaues Telefon, das nicht nur Geräusche machte, sondern auch feuerrot blinkte.

Dazu zeigte das allwissende Display auch den Anrufer an: „Polente". Der Kriminalbeamte Einstein neigte nicht wirklich zum Respekt, was ihn in eine sympathische Nähe zum großen Wissenschaftler rückte, der nicht nur mit seinen bahnbrechenden Erkenntnissen, sondern auch mit herausgestreckter Zunge berühmt geworden war.

Die kultivierte Christiane mit der auffälligen schwarzen Hornbrille begab sich widerwillig zum Fenster, riss einen Flügel auf und tönte mit ihrer verblüffend tiefen Raucherstimme nach unten: „Die Arbeit ruft!"

Albert wollte schon antworten: „Ich höre aber nichts, ist zu laut hier!" Aber da kamen schon zwei Streifenhörnchen mit einem Einsatzwagen angedüst, um den Ermittler abzuholen. Was keine Ausreden mehr zuließ. Einstein raste hoch in die Wohnung, warf zwei Pfefferminz ein, um den Sektgeruch zu übertönen, und befand, dass er zwar unwillig, aber doch einsatzbereit war.

Es war ein geradezu epochaler Gedenkgottesdienst gewesen, der eine Woche vor Weihnachten stattgefunden hatte. Im evangelischen Dom auf der Museumsinsel, offiziell *Oberpfarr- und Domkirche zu Berlin* genannt.

Die größte Kirche der Stadt, eine Gottesburg, ein Monument. Umgeben von einem Park, der ausgerechnet *Lustgarten* hieß, ach du lieber Gott! Der Dom war auch für die evangelischen Abgeordneten und Mitarbeiter des Bundestags zuständig. Wobei die Linken, das BSW und die AfD der neobarocken Kirche nicht gerade die riesigen Tore einrannten, denn bei diesen Parteien hielt sich der Glaube an den Glauben deutlich in Grenzen.

Verzeihung, jetzt bin ich nach links und rechts abgedriftet, dabei wollte ich ja die Trauerfeier für den Kirchenrat Viktor Schmalstieg würdigen, die – wie schon gesagt – ziemlich epochal dahergekommen war. Mit Orgel, Orchester, Chor und so vielen Elogen und Würdigungen, dass ein Mensch gar nicht so edel und makellos gelebt haben konnte, um all die Lobeshymnen verdient zu haben. Der aufsässige Dichter Joachim Ringelnatz meinte dazu: „Der Nachruf ist meist besser als der Ruf."

Glücklicherweise wurde nicht ruchbar, dass auch zwei Mörderinnen an dem großartig tieftraurigen Spektakel teilnahmen und den Kirchenrat ausgiebig zur Hölle wünschten. Trotz all seiner Verdienste um den Glauben und das Seelenheil der lutherischen Schäfchen und trotz der fünf Kinder, die er gezeugt hatte. Um mal bei den ehelichen zu bleiben. Flüsternd tauschten die Mörderinnen in ihren grellfarbenen Daunenjacken Bosheiten aus und erfanden einen perfiden Plan, während die Orgel dröhnte und der Sitznachbar strafende Blicke auf die tuschelnden Frauen warf. Schwätzen in der Kirche ist verachtenswert und für einen Strenggläubigen ein sündhaftes Verhalten. Und knatschbunte Jacken bei einer Totenmesse, einfach gottlos! Der gottesfürchtige Erbsenzähler war außer sich.

Hätte er gesehen, was hinterher geschah, er wäre wohl einem Infarkt der Entrüstung erlegen. Die beiden Frauen tänzelten kichernd aus dem Dom auf den schneebedeckten Rasen des Lustgartens, warfen die Totenbildchen des verblichenen Kirchenrates in den Schnee und tanzten lachend darauf herum.

Überall krachte es noch ausgiebig, als Kommissar Einstein am Tatort aus dem Streifenwagen stieg. Der Notarzt war über das Opfer gebeugt, das auf dem Gehweg im Schneematsch lag. Umgeben von Feuerwerksresten, als hätte den Mann ein Projektil aus der *Overkill-13-Batterie* getroffen, die laut Werbetext mit einer Effekthöhe von 50 Metern sowie in kräftigem Violett mit Silberflimmern brilliert. Beim Opfer flimmerte nichts mehr, musste der Mediziner feststellen, der Kerl war mausetot. Erschossen.

Die potenziellen Zeugen, allesamt Silvester-Pyromanen, standen verschreckt an der Hauswand aufgereiht, wo sie ein Streifenbeamter hinbeordert hatte. Unsicher warteten sie darauf, ihre Aussagen zu machen. Die Aussagen beschränkten sich allerdings auf die Tatsache, dass die Leute nichts Erhellendes auszusagen hatten.

„Plötzlich lag er einfach da, wir haben nicht mitbekommen, wie es passiert ist."

„Es hat ja in der ganzen Umgebung geknallt. Da hört kein Mensch einen Schuss."

„Er war Bankdirektor, hat in der Maisonette im fünften Stock gewohnt. Ein Junggeselle mit gelegentlichem Damenbesuch."

„Unterschiedliche Damen, wohlgemerkt!"

Das Klingelschild verriet den Namen: Dirk Rosemeyer.

Einstein überprüfte die Handy-Fotos der Zeugen. Natürlich hatten sie alle draufgehalten, schließlich hat man nur selten die Gelegenheit, einen frisch niedergeknallten Nachbarn per WhatsApp in der Familien-Chatgruppe zu verteilen oder an die Mitglieder des Laubenpieper-Vereins *Immergrün*. Die Einschussstelle im Kopf des Ermordeten zeigte zur Straße, in der kein Auto vorbeigekommen war, wie alle Zeugen bestätigten. Möglicherweise hatte der Täter aus dem stillgelegten Rohbau gegenüber geschossen, oder Dirk Rosemeyer hatte sich im Fallen gedreht. Es würde also verdammt schwierig sein, die Schussrichtung zu bestimmen. Zum Glück hatten sie in der Dienststelle den Aufschneider. Der hieß Schulte, genauer Schulte III. Schulte I., der dienstälteste, saß an der Pforte, Schulte II. leitete die Pressestelle und Schulte III. war der Rechtsmediziner. Außerdem Mittelfeldspieler bei den Polizei-Freizeitfußballern vom *FC Krimikicker*.

„Kaliber 9 mm, Schusskanal Pi mal Daumen von rechts oben nach links unten. Kommt darauf an, wie das Opfer gestanden hat, wie die Kopfhaltung gewesen war, aber ich tippe auf einen Schuss aus der ersten bis dritten Etage des Nachbarhauses."

„Das Nachbarhaus ist ein Hotel", stöhnte Einstein, der übrigens Linksaußen beim *FC Krimikicker* war, doch augenblicklich stand er mehrere Meter im Abseits. Er würde wohl am Neujahrsmorgen alle Hotelgäste abklappern müssen und wäre der Täter tatsächlich darunter, hätte der die Waffe bestimmt längst entsorgt. Dazu würde er beim Frühstück Lügen auftischen, dagegen wäre der legendäre Diego Maradona ein Waisenknabe. Der ruhmreiche argentinische Ausnahme-Kicker hatte bei der WM 1986 das skandalöseste Tor der Fußballgeschichte zustande gebracht, nämlich den Siegtreffer gegen England, erzielt per Handspiel. Daraufhin hatte er sich als Unschuldslamm gegeben: Es sei nicht *seine* Hand, sondern die Hand Gottes gewesen. Also blieb die böse Tat ohne Folgen. Welcher Schiri will schon dem Allerhöchsten die Rote Karte zeigen?

Schulte III. zog sein Resümee: „Das Opfer war beneidenswert gesund, was aber gar nichts nützt, wenn einem von missliebiger Stelle das Lebenslicht ausgeblasen wird."

Einstein nahm sich vor, die missliebige Stelle zu entdecken. Er würde den Feind des Herrn Dirk Rosemeyer schon ausmachen. Schließlich war es wie beim Fußball, er brauchte nur den richtigen Pass aus der Tiefe des Raumes, um einen Volltreffer zu landen.

Nicole März hatte den Banker Dirk Rosemeyer bis auf die Unterwäsche durchleuchtet und erstattete ihrem Chef Bericht. Der hätte viel lieber mit Christiane das Neujahrskonzert der Wiener Philharmoniker im Fernsehen angeschaut und anschließend ohne seine sportfeindliche Ehefrau das zweite Springen der Vierschanzentournee in Garmisch-Partenkirchen. Stattdessen starrte er auf Nicoles Bildschirm und lutschte ein Pfefferminz. Er hatte nach der Rückkehr vom nächtlichen Einsatz noch etwas Sekt in der Flasche vorgefunden, zu schade zum Wegkippen. Also hatte er die Brause lieber in seine Kehle gekippt.

„Der Herr Bankdirektor Rosemeyer war so sauber, wie einer nur sein kann, der den Kunden das Geld aus der Tasche zieht, um damit üppige Gewinne zu machen. Vor zwei Jahren hat er zu Investitionen in das Start-up *Brainstorm* geraten, das Software und Anwendungen rund um künstliche Intelligenz anbot. Der clevere Banker hatte gutgläubigen Investoren insgesamt elf Millionen aus der Brieftasche geleiert und sich an den Provisionen eine goldene Nase verdient. Neun Monate später legte das KI-Unternehmen eine furiose Pleite hin mit Totalverlust für alle Anleger."

„Künstliche Intelligenz trifft auf natürliche Blödheit von Investoren", philosophierte der respektlose Einstein und nahm noch ein Pfefferminz. „Aber wer bitte wartet über ein Jahr, um sich mit einer Kugel für falsche Finanztipps zu rächen? Trotzdem, die Bank soll schleunigst eine Liste der Geprellten herausrücken!"

„Wird gemacht, Chef, aber erst morgen." Nicole wechselte demonstrativ zum Internetauftritt der Parfümeriekette Douglas, es war schließlich Feiertag und mit der Arbeit reichte es für heute.

„Chef, was halten Sie von lila Nagellack?"

Einstein hielt gar nichts davon. Christiane auch noch mit lila Nägeln? Unvorstellbar!

Die Befragungen im Hotel hatten rein gar nichts ergeben. Etliche Gäste waren in der Stadt auf Partys oder anderen Feten gewesen, das behaupteten sie jedenfalls, die meisten hatten sich nach dem Dinner und der anschließenden Travestie-Show im Garten versammelt, um das hoteleigene Feuerwerk zu bestaunen.

Und die Mörderinnen? Logen dem Kommissar die Hucke voll, was Einstein natürlich nicht wissen konnte. Immerhin hatte er eine vollständige Gästeliste.

Zwei Tage später hatte Nicole März tatsächlich lila Krallen an den Fingern. Dazu ein Verzeichnis der Investoren, die auf das *Brainstorm*-Start-up hereingefallen waren. Der Abgleich mit der Gästeliste des Hotels brachte keinen Treffer. Trotzdem ließ die Frau mit den lila Nägeln eine Bombe platzen. Sie hatte sich die Fotoalben des toten Bankers vorgenommen, die ihr von der KTU auf den Schreibtisch geknallt worden waren. Auf dem offiziellen Abiturfoto des Käthe-Kollwitz-Gymnasiums entdeckte sie ein Gesicht, das sie schon mal gesehen hatte. Es war erst kürzlich gewesen. Aber wo, zum Kuckuck?

Die Kriminaltechniker hatten nach mühseliger Suche im Rohbau gegenüber zwei Pistolen des Ulmer Herstellers *Walther* gefunden, optimiert für Damenhände. Nicht so optimal: keine Fingerabdrücke, keine sonstigen Spuren. Aber warum zwei Waffen? Aus beiden war geschossen worden. Wo war also die zweite Kugel geblieben? Und gab es einen zweiten Täter? Oder möglicherweise zwei Täterinnen? Kommissar Albert Einstein hätte jetzt gut einen Piccolo brauchen können.

Bingo! Sie hatte den Kerl in der Zeitung gesehen! Nicole schlug begeistert mit der Faust auf den Tisch, was den Verlust eines künstlichen lila Fingernagels bedeutete sowie einen großen Schritt zur Lösung des Falles. Möglicherweise. Möglicherweise auch nicht.

Schmalstieg, Viktor Schmalstieg, der jüngst dahingegangene Kirchenrat, war ein Klassenkamerad des Bankers Rosemeyer gewesen!

„Na und?“, brummte Einstein unzufrieden. „Schmalstieg ist an einem Herzinfarkt verstorben, Rosemeyer ist erschossen worden. Zweimal tot ist noch lang kein Zusammenhang.“

Gedankenverloren starrte er auf den havarierten lila Fingernagel und musste dabei an die Fastfood-Kette *Kentucky Fried Chicken* denken. Die hatte für eine Werbeaktion in Japan einen essbaren Nagellack entwickelt, der nach der geheimen Gewürzmischung schmeckte, die das Unternehmen für seine frittierten Hühnchen benutzt. Also Fingernägel mit den verführerischen Aromen von Salz, Rauch und diversen Pfeffersorten, Mahlzeit! Damit war ihm der Appetit vergangen, denn auf der Speisekarte in der Kantine standen heute Hühnchen.

Einstein studierte sicherheitshalber noch einmal das Abiturfoto, konnte aber keine Erkenntnisse daraus herleiten. Weil er Entscheidendes übersah. Zwei Gesichter nämlich, die Gesichter der Mörderinnen.

Die Idee war ganz spontan gekommen, als Klara in der Tageszeitung die Nachricht vom Tod des Kirchenmannes Viktor Schmalstieg entdeckt hatte. Sofort rief sie ihre Lebensgefährtin Nora an: „Schmalstieg ist tot, der scheinheilige Viktor, der Drecksack! Am Sonntag ist Gedenkgottesdienst im Dom. Wir beide werden hingehen und ihn würdig verabschieden. Sie werden ihn bestimmt mit Pauken und Trompeten in den Himmel hochjubeln den angeblichen Gutmenschen, aber wir beide werden seine Höllenfahrt feiern, denn wir wissen es besser. Wir wissen, dass er brennen wird!“

Die Abiturreise war 1995 nach Ibiza gegangen. Auf die Insel der Aussteiger, der Lebenskünstler, genau richtig für junge Leute, die soeben aus den Mühlen des Gymnasiums ausgestiegen waren. Total abgefahrene Discos mit mindestens drei bis fünf bunten Scheinwerfern, Musik von Phil Collins, Tic Tac Toe, Matthias Reim, Who The Fuck Is Alice?, Schaumpartys. Spaßtourismus pur also.

Und eines Nachts dann das! Privatparty in Zimmer 11 des kleinen billigen Hotels. Die Musik dröhnte, verschwitzte Tanzpärchen verrenkten sich, kippten Cola-Korn in sich hinein oder Batida-Kirsch, die Joints kreisten, es brannte die Luft.

„Mir ist schwindlig", stöhnte die blonde Klara, „ich hab zu viel getrunken, ich muss auf mein Zimmer!"

„Ich bring dich", sagte Dirk Rosemeyer.

Als Dirk nach einer Viertelstunde noch nicht zurück war, bekam die rothaarige Nora in der aufgeheizten Atmosphäre kalte Füße. Sie teilte sich mit Klara ein Zimmer, und als sie dort ankam, traf es sie wie ein Hammer.

Nicole März blätterte mit neun intakten lila Fingernägeln durch alle Zeitungen, die über die Totenfeier für den Kirchenrat berichtet hatten. Und dann hatte sie es! Sie hatte das entscheidende Puzzleteil gefunden. Das Teil, welches ihr oberschlauer Super-Einstein übersehen hatte. Ein Foto der Trauergemeinde und mitten drin zwei Frauen in bunten Daunenjacken.

Klara lag regungslos und wehrlos auf dem Bett. Sie war nackt bis auf die Stiefel mit den hohen Absätzen. Dirk und Viktor waren ebenfalls nackt. Bis auf ihre lächerlichen weißen Socken. Dirk feuerte Viktor an, der sich mit grinsendem Gesichtsausdruck an Noras bester Freundin verging: „Jetzt werd' endlich fertig, ich hab auch noch Bock."

„K.-o.-Tropfen sind eine segensreiche Erfindung", keuchte Viktor, „ich geh auch gleich k. o.!"

Als Viktor k.o. gegangen war und Dirk das böse Spiel fortsetzte, erwachte Nora aus der Schockstarre, spürte wie mit einem elektrischen Schlag, dass sie jetzt gefordert war, straffte sich, und dann ging sie mit vollem Speed auf die beiden Schweinehunde los. Fünf Jahre Kampfsport sind ein schlagendes Argument im wahrsten Sinne des Wortes. Als sie mit den Dreckskerlen fertig war, sahen beide aus, als wären sie unter einen Bulldozer geraten. Nora öffnete die Zimmertür, schleifte beide auf den Gang und ließ die stöhnenden Elendshaufen einfach liegen. Nein, nicht einfach, sie trat bei beiden noch einmal kräftig nach.

Am nächsten Tag zogen die beiden Mädels in ein anderes, noch kleineres Hotel und hielten sich tagelang aneinander fest. Es wurde Liebe daraus.

Als der Saukerl von Viktor endlich mit Gottes Hilfe über den heiligen Jordan gegangen war, entstand der beseelte Wunsch, Dirk Rosemeyer postwendend hinterherzuschicken. Die Mörderinnen waren allerdings zu Recht der Ansicht, dass sich der Schöpfer nicht so leicht überreden lassen würde, mit einer Knarre in der Gegend herumzuballern. Erst recht nicht mit einer Damenpistole. Gott benutzte ja als Killer eher Sintfluten oder Großfeuer wie in Sodom und Gomorrha.

Also erinnerten sich die Mörderinnen an ihre damentauglichen *Walther*-Pistolen, die sie zur eigenen Sicherheit auf dem Schwarzmarkt erworben hatten. Die Privatadresse des ehemaligen, schweinischen Gymnasiasten und später geldgierigen Bankers hatten sie problemlos herausgefunden, fehlte nur noch die Gelegenheit.

Nach dem Gedenkgottesdienst und dem Tanz auf den Totenbildchen waren Klara und Nora in ihrem Lieblingscafé gelandet, einem ganz normalen bürgerlichen Laden. Die beiden hielten nichts davon, ihre Beziehung wie einen Feminismus-Pokal vor sich herzutragen und sich in jedem angesagten Lesbenladen demonstrativ zu küssen. Lieber saßen sie irgendwo in einem Eckchen und gaben sich bei etlichen Gläsern Glühwein beflügelten Gedanken hin, wie man den zweiten Sausack um die Ecke bringen könnte. Am Ende stand der Beschluss bombenfest, viel fester als die beiden Frauen, die nicht mehr ganz sicher auf den Beinen waren. Wer welche Idee beigetragen hatte, war nicht mehr nachzuvollziehen, aber letztendlich auch egal.

Am Silvesterabend zogen sie die Sache dann durch. Gnadenlos, mit einem Hass im Bauch, der zu Recht dreißig Jahre durchgehalten hatte. Und mit der immensen Freude des Heimzahlens, die nur Rächer verstehen können, die endlich an der Reihe sind.

„Ich werde ihn abknallen“, bekräftigte Nora, „ich bin schließlich als Selbstverteidigungsfreak ziemlich gut in Schuss. Ich werde ihm eine Kugel in sein geiles Spatzenhirn pusten, und zwar so etwas von zentimetergenau, da wird kein Unschuldiger dran glauben müssen, egal wie groß der Pyromanen-Haufen ringsumher auch sein wird. Du, meine Liebste, du ballerst einfach in den Himmel, die Kugel finden sie im Leben nicht. Anschließend mischen wir uns unter das Partyvolk im Hotelgarten, geben uns den Schampus und sind die Unschuld in Person. Falls wir doch in Verdacht geraten, vergiss es! Am Ende hat die Polizei einen Toten, zwei benutzte Waffen, die wir im Rohbau gegenüber entsorgen werden, und keine Ahnung, wer von uns die tödliche benutzt hat. Kein Beweis also für eine Täterschaft, Sackgasse für die Ermittler, der perfekte Plan!“

„Männer sind Scheiße“, verkündete Klara mit voller Überzeugung.

„Nicht alle“, erwiderte Nora, „nur die, die uns im Wege stehen. Es gibt auch anständige und liebenswerte Kerle, für die ich allerdings keine Verwendung habe.“

Dann küssten sich die beiden und griffen zu ihren Pistolen.

Draußen auf der Straße zählten die Leute die Sekunden: Siebenundfünfzig, achtundfünfzig, neunundfünfzig, jaaa!

Raketen schossen tausendfarbig in den Himmel, unbändiger Lärm brach über die Stadt herein, Berlin knallte sich mit ohrenbetäubender Lautstärke ins neue Jahr, der Zeitpunkt war gekommen.

Albert Einstein, also nicht der verstorbene, sondern der noch lebende, der berufen war, die Todesursache von Verstorbenen herauszufinden, hatte in der Tat zwei perfekt tatverdächtige Frauen, aber keinen Nachweis, welche es denn gewesen war. Die Pfefferminz-Bonbons waren auch allesamt gelutscht, summa summarum also ein Tag für die Tonne. So schickte er Nicole noch vor Dienstende großzügig nach Hause und wollte auch selbst gerade gehen, als ihn eine Nachricht von Christiane erreichte: „Ich habe einen Neujahrsvorsatz wahr gemacht, Typveränderung, du darfst gespannt sein!"

In der U-Bahn dachte Einstein über Christianes Typveränderung nach und schaute sich um. Eine neue Brille mit einem ganz schmalen eleganten Rahmen so wie die Blonde da drüben? Oder nicht mehr diese aggressiven Domina-Stiefel und stattdessen animierend erotische High Heels wie die Brünette, die neben ihm saß? Oder hatte sie endlich mit der Qualmerei aufgehört? Wäre ja auch eine Veränderung.

Als er zu Hause die Tür aufschloss, kam im selben Augenblick seine Ehefrau strahlend um die Ecke. Immer noch in aggressiven Domina-Stiefeln, immer noch mit der düster-dunklen Hornbrille, und nach Zigaretten roch die ganze Bude auch immer noch. Trotzdem Überraschung! Christiane streckte ihrem Einstein stolz die Hände entgegen: „Wie findest du das? Lila Fingernägel!"

Epilog

Eigentlich sollte das Jenseits ja ein Nichtraucherbereich sein. Da aber Gott selbst hie und da zur Pfeife greift, wurde eine Smoking-Lounge eingerichtet.

„Daddy, du ruinierst dich", meckerte Jesus regelmäßig, aber es half nichts.

Nach der Weihnachtsfeier saß die Berliner Fraktion in ihrer Stammecke. Juhnke, elegant in Smoking und Lackschuhen, hatte den Glimmstängel in der Rechten, das Champagnerglas in der Linken und flirtete ungeniert mit der Bardame. Marlene Dietrich legte lasziv ihre Jahrhundert-Beine auf das niedrige Cocktail-Tischchen und balancierte ihre schlanke Damenzigarette freihändig zwischen den Lippen. Der Hauptmann von Köpenick las in einem Buch mit dem Titel „Weihnachtsanektötchen" und kicherte vor sich hin. Die Geschichten waren ja mindestens so unterhaltsam wie sein eigener genialer Streich. Willy Brandt hustete.

„Mein Junge scheint recht zu haben", dachte Gott bei sich und reichte dem Ex-Bundeskanzler ein Ricola Menthol extra stark.

In diesem Moment rauschte die Knef herein mit Udo Jürgens im Schlepptau. „Ich hab ihn überredet", verkündete sie, „er wird mich bei einem Ständchen begleiten. Gegen einen Wodka Tonic und ein paar Schnorrillos.

Udo war schon auf Erden als leicht zu verführender Nichtraucher bekannt gewesen. Er hatte nie eigene Kippen bei sich, aber wenn es ein Zigarettchen umsonst gab, war er der Letzte, der Nein sagte.

Die Dietrich war gerade dabei, sich wegzuducken, aber Hildegard Knef hatte Argusaugen und intervenierte gnadenlos.

„Marlene! Es ist dein Lied, also kneif jetzt nicht! Wir beide im Duett und ein begnadeter Frauenheld am Klavier, det is doch super!"

Das war natürlich ein Argument. Also, Frau Marlene, die Beine runter vom Tischchen, Zigarette ausdrücken und mit gekonnt lasziven Bewegungen Richtung Klavier! Die Dietrich war einfach die Beste, wenn es hieß, den perfekten Auftritt hinzulegen. Sogar Hildegard Knef hielt da ihre vorlaute Klappe.

Es wurde so still, dass man eine Stecknadel hätte fallen hören. Alle blickten zum gläsernen Flügel, auf dem Udo die ersten Takte anspielte. Und dann sangen die beiden Blondinen ihr gemeinsames Sehnsuchtslied.

Ich hab noch einen Koffer in Berlin
Deswegen muss ich nächstens wieder hin
Die Seligkeiten vergangener Zeiten
Sind alle noch in meinem kleinen Koffer drin

Ich hab noch einen Koffer in Berlin
Der bleibt auch dort und das hat seinen Sinn
Auf diese Weise lohnt sich die Reise
Denn, wenn ich Sehnsucht hab, dann fahr ich wieder hin *

Fahren Sie ruhig hin nach Berlin, meine Damen, schau'n Sie gern vorbei!

Aber seht euch vor, Mädels, die Hauptstadt ist genau wie zu euren Zeiten immer noch ein mörderisches Pflaster, erst recht zur Weihnachtszeit!

 * Musik: Ralph Maria Siegel, Text: Aldo von Pinelli, Verlag: Siegel Ralph Maria Musik Edition